ÉFIN 1968

I0657853

BIBLIOTHÈQUE DES BONS LIVRES
à 1 fr. le volume (franco 1 fr. 25)

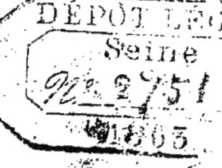

DÉPÔT LÉG.
Seine
N° 2751
1863

LES POCHES

DE

MON PARRAIN

PAR

XAVIER EYMA

PARIS
LIBRAIRIE FRANÇAISE
E. MAILLET, LIBRAIRE-ÉDITEUR
15, RUE TRONCHET, PRÈS LA MADELEINE

1863

TOUS DROITS RÉSERVÉS.

LES POCHES

DE

MON PARRAIN

695

33486.

OUVRAGES DE XAVIER EYMA

PARIS. — DE SOYE ET BOUCHET, IMPRIMEURS, 2, PLACE DU PANTHÉON.

LES POCHES

DE

MON PARRAIN

PAR

XAVIER EYMA

PARIS

LIBRAIRIE FRANÇAISE

E. MAILLET, LIBRAIRE-ÉDITEUR

15, RUE TRONCHET, PRÈS LA MADELEINE

1863

TABLE

A MA NIÈCE

E. DE FUENTÈS

———

Si je m'avisais de vous tracer le portrait de mon parrain, je vous le peindrais sous les couleurs où l'on a coutume de peindre tous les parrains, c'est-à-dire bons, indulgents, généreux, toujours prêts à passer l'éponge de leurs caresses sur les petites corrections paternelles.

Dans mon parrain, vous reconnaîtriez le vôtre ; je me dispense donc de vous en donner le profil.

Quand j'étais tout petit enfant au berceau, il me prodiguait des couches et des langes ; c'est lui qui me donna la première botte que je portai, avec tant de fierté que je m'imaginai sentir sous mes talons un double piédestal. Plus tard, il me prodigua des dragées, des livres, des jouets ; ses poches étaient toujours pleines pour moi et ne se vidaient jamais.

Quand mon parrain fut sur son lit de maladie, j'étais un très-grand garçon ; déjà, depuis longtemps, j'avais pris la mauvaise habitude de jeter, de loin en loin, quelqu'ouvrage dans le courant de la curiosité publique. Il avait vu cela d'assez mauvais œil, je dois le confesser. Pourquoi ? je l'ignore.

La maladie fit de rapides progrès chez lui, et quand il sentit approcher ses dernières heures, il me fit venir, me demanda de lui apporter un vieil habit que je connaissais bien, — celui dont les poches avaient toujours été si fertiles pour moi en dragées — y puisa un rouleau de papier d'une écriture à peu près illisible, et me dit :

« — Voici le dernier cadeau que je te fais ; tire-toi de là comme tu pourras. »

« Sur ce, mon parrain m'embrassa, et rendit le dernier soupir. »

Telle est l'origine des petits récits que j'ai groupés dans ce volume, et je n'ai pas trouvé de meilleur titre à leur donner que celui de la source où je les ai puisés.

C'est une occasion pour moi de remercier mon parrain de tout ce qui, durant sa vie, est sorti de ses poches généreuses.

Eyma.

DOLLY GEERTS

1

Par une soirée d'hiver, William Benton, un des jeunes gens les plus riches de New-York, sortait d'un des cafés qui flamboient le long du *Broadway*. Bien que le froid fût très-vif et que la neige commençât de tomber, William s'était décidé, heureusement cette fois, à gagner son domicile à pied. Il éprouvait le besoin de dissiper au grand air les fumées du vin d'un bruyant souper, mêlées aux agitations d'une grossé perte de jeu. Il en avait, ce soir là, comme un remords, pur pressentiment, on eût pu le croire.

J'ai dit tout à l'heure que William avait eu une excellente idée de s'en aller ainsi à pied. En effet, l'habitude des gens riches de sortir toujours en

voiture, est cause qu'ils ignorent bien des misères
dont le spectacle échappe à leur regard, qui n'a
pas le temps d'effleurer le pavé des rues, comme
le bruit des roues étouffe à leurs oreilles bien des
cris de désespoir et bien des sanglots.

L'homme qui va à pied, au contraire, qui tra-
verse lentement les rues est plus exposé à surpren-
dre, à chaque pas, le flagrant délit des douleurs,
des souffrances embusquées aux coins des carre-
fours. Les riches ne savent pas assez ce qu'ils per-
dent ainsi de bonnes occasions de faire le bien, sans
quoi nous en savons beaucoup qui laisseraient
volontiers, et plus souvent, reposer leurs chevaux.

William Benton n'avait jamais songé à cela.
Fils d'un des plus opulents négociants de New-
York, il avait été élevé dans les habitudes de luxe
et de plaisirs; et, trouvant toujours sa voiture l'attendant à toute porte où il s'arrêtait, il s'en accom-
modait sans plus de souci et de préoccupation.
Mais William, si indifférent qu'il fût, ou qu'il parût
être aux misères nombreuses qui encombrent les
rues de New-York, pouvait être compté parmi ces
riches dont je parlais tout à l'heure (et le nombre
en est heureusement grand dans tous les pays du
monde), qui estiment que le premier privilége
de la fortune est de soulager les pauvres. Il tenait
ces sentiments de sa famille, où la bienfaisance

était comme à l'ordre du jour. C'était, dans toute l'acception du mot, un excellent jeune homme, au milieu même de sa vie dissipée ; généreux, sensible, plein de nobles inspirations et d'élans sympa-thiques. Qui le connaissait, l'aimait ; et à dix-neuf ans, l'âge qu'il a au moment où nous l'introduisons sur la scène de ce récit, il comptait plus d'amis que bien d'autres n'en savent conquérir dans toute une longue vie.

Les rues de New-York étaient désertes à l'heure où William les traversait, le collet de son manteau relevé et ses bras chaudement enveloppés dans les plis de son large vêtement. Parvenu dans le voisinage de la banque de New-York, dans ce quartier de *Wall-street* où monte et descend chaque jour, du matin au soir, une formidable marée d'écus, et où se traitent pour des milliards d'affaires de toutes sortes ; parvenu, dis-je, dans le voisinage de la banque, William entendit venir jusqu'à lui ce cri : « *Du maïs chaud !* » que poussait une voix d'enfant. Mais ce cri avait quelque chose de lugubre et de déchirant ; les lèvres qui l'articulaient semblaient pouvoir à peine le murmurer. On eût dit que le froid les avait gelées, que la faim leur avait ôté toute force.

Quoique habitué à l'entendre retentir tous les soirs et souvent très-avant dans la nuit, dans toutes les rues de New-York où il y a affluence de prome-

neurs, William fut tellement frappé de l'angoisse,
du désespoir, de l'épuisement de la voix qui venait
d'adresser cet appel à la charité, qu'il s'approcha
vivement du point où le cri était parti. Il vit assise,
ou plutôt blottie sur la dernière marche de la Banque, au ras du trottoir, une pauvre petite fille
de douze ans environ. Un mauvais châle de laine
grise, en lambeaux, ne pouvait parvenir à l'enve-
lopper entièrement, malgré la posture qu'avait
prise la pauvre enfant. Tantôt elle en couvrait sa
tête, et alors ses pieds et ses jambes nues restaient
exposés jusqu'aux genoux au vent glacial de la
nuit, ou bien elle ramassait cette guenille sur ses
membres inférieurs, et alors sa tête restait à découvert. Ses cheveux, qui pleuvaient en larges tresses
noires, sales et emmêlées sur ses épaules déchar-
nées et bleuies par le froid, blanchissaient sous la
neige.

N'était-ce pas une ironie du sort qui avait poussé
cette pauvresse déguenillée à se réfugier et à s'endormir sur les marches du temple de la Richesse?
La malheureuse petite fille s'était éveillée machina-
lement au bruit des pas de William et elle avait poussé instinctivement et par habitude ce cri : « Du maïs
chaud ! » Quand William fut tout près d'elle, sans
avoir même la force de déranger ses pauvres petits
membres engourdis, elle reprit sur un ton lamentable et en ramenant le châle sur sa tête :

— Monsieur, achetez-moi du maïs : il est tout chaud.

La vente du maïs bouilli est une industrie nocturne que les enfants pauvres et les bohémiens de la *ville impériale* exercent à New-York. Ce n'est là qu'une manière déguisée de demander l'aumône. Il en est des crieurs de maïs chaud, comme de ces petits marchands de bouquets ou d'allumettes qui courent nos boulevards parisiens, le soir, se contentant d'accepter l'aumône qu'on leur fait, en conservant pour le lendemain leur marchandise que personne ne prend jamais.

William examina attentivement la pauvre petite marchande de maïs, qui fixa alors sur lui deux grands yeux bleus, cerclés de noir, aux regards hébétés et attendris en même temps.

— Achetez-m'en, Monsieur, dit-elle de nouveau à William, je vous en supplie.

Diogène, de cynique mémoire, a calomnié le cœur humain, le jour où, surpris mendiant devant une statue, il répondit : « Qu'il s'habituait à être refusé. » William Benton fouilla dans son gousset, en tira un dollar en or qu'il tendit à pauvre enfant. Celle-ci se dressa comme mue par un ressort, et, examinant la pièce :

— Je n'aurai pas de monnaie à vous rendre, Monsieur, dit-elle. Je n'ai pas vendu pour un cent ce soir.

— Pour combien avez-vous de maïs dans votre chaudron ?

— Pour quinze cents, répondit l'enfant.

Alors je ne suis pas en reste avec vous. Le prix est bien payé.

Et saisissant le petit chaudron, William répandit dans le ruisseau le prétendu maïs chaud, qui était complètement froid alors.

— Que faites-vous, monsieur ? s'écria l'enfant tout en larmes.

— Je voudrais vous empêcher de continuer ce mauvais métier.

— Mais de quoi vivrai-je, alors ? car je n'ai à manger une pomme de terre, le matin, qu'à la condition de rapporter le soir au moins douze cents... sinon...

— Sinon ?

— Je suis battue d'abord, et je n'ai point à déjeuner le lendemain ; ce qui m'est précisément arrivé ce matin. Et je n'aurais pas mangé de la journée sans un brave ouvrier qui, me voyant ramasser un morceau de pomme qu'il avait jeté dans Washington-square, m'en donna une tout entière et un cent avec quoi j'ai acheté du pain.

— Mon Dieu ! s'écria William, je viens de perdre mille dollars au jeu tout à l'heure, et j'en ai vu perdre plus de vingt mille ce soir par plusieurs de mes camarades ! Et qui exploite de la sorte votre jeunesse et votre temps ?

— Ma cousine Hartman.

— De quel droit votre cousine Hartman dispose-t-elle ainsi de votre vie ? Mais je vous laisse exposée au froid ; tenez, ma pauvre petite, venez vous abriter sous mon manteau, et chemin faisant, jusque chez-vous, vous me conterez votre histoire. Demeurez-vous loin d'ici ?

— Aux Cinq-Points, Monsieur.

Les Cinq-Points forment, à l'une des extrémités de New-York, un quartier tout spécial, une sorte de bohême où grouillent la misère et les vices de la grande cité. La petite marchande de maïs s'abrita sous le manteau de William, serrant dans le creux de sa main droite la pièce d'or qui avait si généreusement payé son chaudron de maïs. Ses pauvres membres engourdis se détendirent un peu sous la chaleur du vêtement, quoique ses pieds trempassent dans la neige jusqu'à la cheville.

— Comment vous nomme-t-on ? lui demanda William.

— Dolly Geerts. Mon père et ma mère étaient venus ici d'Allemagne, tout jeunes, mais n'avaient pu réussir à faire la fortune qu'ils cherchaient. Je suis née dans ce pays, et ma naissance, qui aurait dû causer de la joie à mes parents, leur fut un surcroît de charges et de misère. Ils moururent de chagrin et de désespoir, ma mère presque aussitôt après mon père ; et je tombai entre les mains de ma cousine Hartman, qui, ayant été l'amie de ma mère, lui avait promis, à son lit de mort, de m'élever et de me mettre à même de gagner honorablement ma vie par le travail. Mais ma pauvre cousine avait compté sans son mari, un méchant homme, paresseux, qui la ruina. Ma cousine Hartman en est réduite, aujourd'hui, à ramasser les chiffons dans les rues, et demeure, comme je vous l'ai dit, dans le quartier des Cinq-Points. De bonne et affectueuse qu'elle était, elle est devenue méchante et aigrie par le malheur. Je lui ai vainement demandé, bien des fois, de me faire apprendre à travailler ; elle s'y est toujours refusée, disant que je gagnerais bien plus d'argent à vendre du maïs dans les rues, le soir : c'est ainsi qu'elle exige que je lui rapporte chaque jour douze cents, sinon elle me bat et ne me donne pas à manger... Ah ! si ma pauvre maman vivait ! s'écria la petite Dolly en sanglotant, je ne serais pas si malheureuse et je saurais peut-être travailler aujourd'hui !

— Avez-vous donc bonne envie et bon désir d'apprendre à travailler ?

— Oui, Monsieur, oh ! certes, oui ! Je crois que les gens qui travaillent sont bien heureux, et qu'ils gagnent quelquefois bien de l'argent, tandis que moi... Oh ! oui, Monsieur, je serais bien heureuse d'apprendre à travailler, mais...

— Si vous y êtes bien résolue, Dolly, je vous procurerai ce bonheur.

— Vous ! s'écria la pauvre enfant, en s'arrêtant tout à coup et en levant vers William ses grands yeux où brillèrent des regards de reconnaissance et de joie. Mais, reprit-elle avec cette tristesse qui accompagne toujours les rêves qui s'éteignent, ma cousine n'y consentira pas.

— Elle y consentira, affirma William ; je m'en charge, soyez tranquille. Mais vous ferez tout ce que je vous dirai, n'est-ce pas ? Vous écouterez tous mes conseils, tous ?

— Tous vos ordres, interrompit naïvement Dolly.

— C'est bien, mon enfant.

— Nous voici devant la porte de la maison, dit la petite fille en s'arrêtant devant une espèce de taudis.

— Je monte avec vous, Dolly ; j'ai besoin de voir votre cousine.

— Vous vous casseriez le cou dans les escaliers, ou plutôt le long de l'échelle ; il faut une grande habitude pour y monter ; moi, je puis m'y reconnaître. Et puis, probablement, vous trouveriez ma cousine endormie et peut-être ivre.

— Ivre ? fit William.

— Ne faut-il pas, Monsieur, qu'elle soit en cet état pour m'infliger les tortures qu'elle me fait subir ? Car je ne saurais croire que si elle avait toujours

1.

sa raison, elle me ferait souffrir un tel martyre.

— Je viendrai vous visiter demain matin, Dolly.

— Merci, Monsieur. Oh! grand merci pour le bien que vous m'avez fait.

La pauvre petite mendiante se dégagea du manteau de William, salua son protecteur et disparut dans une allée sale et noire, au bout de laquelle elle trouva une sorte d'échelle qu'elle grimpa jusqu'à une mansarde hideuse, ou plutôt une halle planchéiée, sous un toit effondré en bien des places.

Dans ce cloaque vivaient pêle-mêle une vingtaine d'individus, un échantillon de tout ce que New-York renferme de plus misérable et de plus vil; gens de toutes professions : musiciens ambulants, montreurs d'animaux, chanteurs de cabarets, coupe-bourses, etc. Outre la place qu'y occupait son mauvais grabat, la cousine Hartman avait droit à un coin de cette halle, où elle déposait les chiffons ramassés dans la rue. C'était ce tas d'ordures et d'immondices qui servait de lit à la petite Dolly, lit usurpé souvent par deux ou trois singes, hôtes de cette arche, et avec lesquels la pauvre enfant était familière.

Dolly gagna son lit en tâtonnant, et s'y jeta précipitamment, tenant bien serré dans la poche de sa jupe, le dollar que lui avait donné William. La malheureuse enfant n'eût pas mieux demandé que de s'endormir en faisant des rêves charmants sur cette fortune acquise si facilement, et sur la perspective qui l'attendait le lendemain. Mais au milieu des premiers troubles du sommeil, au moment où elle allait tomber dans cette ivresse de l'oubli où les plus malheureux et les plus affligés trouvent parfois le bonheur, une idée la frappa. Chassant bien vite le sommeil, Dolly se dressa, les yeux grands ouverts. Elle venait de penser que si elle donnait à sa cousine le dollar que lui avait remis son généreux protecteur, sa cousine le garderait tout entier, sans lui tenir compte, pour les jours suivants, des déficits possibles dans ses recettes du soir. De cette manière, le bienfait de William serait perdu pour elle; et, certes, son intention n'avait pas été que ce dollar passât entre les mains de la cousine Hartman, surtout sachant l'usage déplorable qu'elle en devait faire. L'étranger lui avait bien promis un avenir plein de sécurité, lequel devait commencer le lendemain; mais qui répondait à Dolly que ce n'était pas là une promesse légèrement faite, sans suite probable, dont la nuit effacerait jusqu'à la moindre trace dans le souvenir du jeune homme? Cette réflexion, de la part de Dolly, impliquait chez elle des instincts de prévision que nous signalons à sa louange.

Dans l'alternative où elle se trouvait placée, la petite marchande de maïs s'arrêta à une résolution suprême et désespérée qui, tout en marquant de sa part des sentiments de courage, révélait également une sorte de résignation avilie et d'abrutissement moral.

— Je ne donnerai point le dollar à ma cousine, pensa-t-elle, et je lui dirai que je n'ai point vendu mon maïs ; que je l'ai perdu, qu'une voiture a renversé mon chaudron dans le ruisseau. J'en serai quitte pour être battue un peu plus fort que de coutume peut-être ; mais j'aurai de quoi m'acheter à déjeuner demain, et je serai assurée, pendant plusieurs jours, de pouvoir rapporter mon contingent obligé.

Ce mensonge de Dolly était, comme on le voit, basé sur une prévision qui, dans sa pensée, devait lui épargner bien des larmes et bien des souffrances à venir.

Mais on eût dit que le ciel voulait punir la petite Dolly de son mensonge et de son manque de confiance dans la générosité de William. A son réveil, qui eut lieu au milieu d'une sorte de bataille entre quatre ou cinq singes, de cris, de hurlements, de jurons de toutes les sortes, Dolly porta la main à sa poche pour chercher son dollar ; il n'y était plus. Elle regarda autour d'elle avec une inquiétude qui se conçoit... Rien ! Et pendant ce temps, les singes, courant à travers la vaste mansarde, continuaient de se battre, de se poursuivre, de crier. Les hôtes de ce triste cloaque juraient, frappaient les singes que leurs maîtres cherchaient à rattraper. Dolly, les yeux pleins de larmes, le cœur gonflé, remuait autour d'elle le tas de chiffons sur lesquels elle avait dormi.

— C'est donc un rêve que j'ai fait! dit la pauvre enfant en se laissant tomber avec désespoir, la tête cachée dans ses deux mains. Mais non, reprit-elle tout à coup, je n'ai point rêvé, je suis sûre d'avoir été conduite ici par cet étranger, je suis sûre qu'il m'a donné un dollar, je suis sûre qu'il a renversé mon chaudron dans la rue! Oh! mon Dieu! mon Dieu!

Les pleurs silencieux de la pauvre petite se changèrent bientôt en cris déchirants, lorsque la cousine Hartman fut appelée à constater, non-seulement le déficit de la recette, mais la perte du chaudron et l'absence du maïs, dont il lui fallait absolument faire une provision nouvelle pour le soir. Dolly tomba épuisée de coups, les cheveux arrachés par poignées, les épaules et les joues enflées par les tapes et les soufflets. En vain, au milieu de ses cris et de ses larmes, elle essayait de confesser la vérité à sa cousine. Celle-ci, dans sa fièvre de colère, n'entendait rien; et, d'ailleurs, elle n'eût pas ajouté foi au récit de Dolly.

Mais au moment même où la pauvre enfant sanglotait sa confession que la cousine Hartman n'écoutait point, un des habitants de ce cloaque, maître enfin de son singe, à qui il venait d'administrer une correction semblable à celle que Dolly avait subie, sortait précipitamment et descendait l'échelle.

Voici ce qui était arrivé ; je puis le raconter en peu de mots. Pendant le sommeil de Dolly, le petit dollar en or avait glissé par un trou de la poche délabrée de sa robe et avait roulé jusque sur le plancher noir de la chambre où, sous les rayons du jour qui pénétrèrent dans ce cloaque, il reluit comme une étoile. Le premier singe éveillé, ébloui par l'éclat de l'or, s'était précipité sur la pièce avec la curiosité étonnée des êtres de son espèce, et s'en était fait un amusement. Un autre singe, alléché par les scintillements de l'or, voulut arracher la pièce à son camarade : de là cette bataille, ces cris, ces courses furibondes dont j'ai parlé plus haut, et qui ne cessèrent qu'au moment où le propriétaire d'un des animaux ramassa, dans sa patte froide et serrée convulsivement, le dollar, qui lui parut de trop bonne trouvaille pour n'être pas empoché immédiatement...

III

William avait dans sa famille un parent, homme de bien, de paix et de patience, dont la vie s'était vouée à de bonnes œuvres. M. Bill avait fondé à

Brooklin (qui est une annexe ou plutôt un faubourg
de New-York, séparé de la grande ville par un bras
de la rivière de l'Est) un établissement industriel
moitié école, moitié hospice ; un refuge hospitalier
en tout cas, où il recueillait les enfants et les adul-
tes qui venaient à lui, ou qu'il convertissait au travail et à la morale. Aux Etats-Unis, la charité
s'exerce ainsi, par la propagande et par institutions,
sur une grande échelle. M. Bill, depuis cinq ans
qu'il s'était consacré à cette œuvre pieuse, en avait
recueilli quelques bons résultats ; les déceptions
mêmes qu'il avait éprouvées ne l'avaient point ré-
pugné à sa tâche.

William confia à Bill sa rencontre de la veille au
soir, les espérances qu'il fondait sur le caractère et
les sentiments de Dolly. Bill s'offrit, tout naturellement, à continuer ce que William avait commencé. Ils se rendirent donc ensemble à la maison
du quartier des Cinq-Points, et montèrent jusqu'à
la pièce où venaient de se passer les scènes que j'ai
racontées plus haut.

Ils entrèrent au moment où Dolly se roulait sur
le tas de chiffons, écrasée sous la grêle de coups
que lui distribuait si généreusement la furieuse
cousine Hartman.

En apercevant William, Dolly se leva et se précipita vers lui en lui criant :

— Oh ! Monsieur, dites-lui que c'est vrai ! On

m'a volé mon dollar, et voyez comme ma cousine m'a battue !

William et Bill oublièrent l'infect et horrible spectacle du cloaque où ils se trouvaient, pour s'apitoyer sur le sort de la malheureuse Dolly. Ils imposèrent silence à la cousine Hartman, qui allait commencer une kyrielle d'injures contre la petite et contre ses protecteurs.

— Nous emmenons cette enfant avec nous, dit William.

— Et où cela donc? grogna la cousine.

— Que vous importe ! qu'il vous suffise de savoir que vous ne la reverrez jamais plus.

— Ne plus revoir ma Dolly ! s'écria la furie, mon enfant ! ma consolation !... Et madame Hartman pressa avec un attendrissement réel contre son cœur la petite Dolly, qui, les larmes aux yeux, passa ses bras autour du cou de sa cousine. Je l'ai reçue des mains de sa mère mourante, je l'ai élevée, je la soigne, je l'aime : n'est-ce pas que je t'aime, ma petite Dolly?

Bill connaissait trop le cœur humain pour partager l'étonnement de William devant ce retour attendri de la cousine Hartman. Il y a, dans la vie, de ces moments suprêmes où le cœur se réveille subitement, à l'heure où se rompent les liens qui avaient tenu rivées deux existences. Les êtres les plus vils, les plus rabaissés, les plus méchants,

ont de ces retours subits, de ces bouffées de sentiments, si j'osais le dire, qui élèvent tout à coup le
cœur et l'emplissent de parfum. Les tyrans comme
les victimes de la vie intime éprouvent, à l'heure
dite, les mêmes commotions. Bill ne s'étonna pas
plus de l'attendrissement de la cousine Hartman
que de l'émotion de Dolly elle-même à l'idée de
cette éternelle séparation. L'une avait oublié les
mauvais traitements qu'elle infligeait avec tant de
férocité, l'autre ceux qu'elle avait subis avec tant
de douleur.

— Oh! Messieurs, s'écria la cousine Hartman, je
ne la battrai plus jamais; je l'aimerai, je la cares-
serai comme je la caresse et comme je l'aime en ce
moment! N'est-ce pas, Dolly, que tu ne veux point
me quitter? Où vont-ils te conduire, pauvre chère
enfant? En prison, peut-être? Il vont te traiter
comme une vagabonde... Non, tu ne me quitteras
pas...

Dolly, la tête cachée dans le sein de sa cousine,
avait pardonné, à ce moment-là, non-seulement les
violences dont elle était victime chaque jour, mais
celles dont ses bras, ses épaules et ses joues portaient les récentes et cruelles empreintes. Elle
pleurait, la pauvre enfant; et, à l'appel que sa cousine venait d'adresser à son attachement, elle pro-
testa qu'elle ne l'abandonnerait point.

— Vous m'avez pourtant promis, interrompit

William, de suivre tous mes conseils, d'obéir à
tous mes ordres.

Dolly porta d'une main à ses yeux un des pans de
sa jupe, et tendit l'autre à William, qui attira l'enfant à lui. Mais madame Hartman s'accrocha à
Dolly en lui criant :

— Voilà que tu me fuis, Dolly ! voilà que tu m'a-
bandonnes ! Je veux que tu restes avec moi...

— Voyons, lui dit M. Bill en détachant avec
peine les doigts de madame Hartman cramponnés
dans les vêtements de sa cousine, soyez raisonna-
ble. Qu'avez-vous fait et que pouvez-vous faire
encore de cette enfant? Une mendiante, une pauvre
créature destinée à traîner dans les rues la plus
triste et la plus horrible des existences. Confiez-
nous-la. Si vous l'aimez réellement, vous devez
vous réjouir de la voir entrer dans un chemin
où elle deviendra une honnête et laborieuse fille.
Vous promettez de ne plus la battre ; demain vous
aurez oublié votre promesse et vous la battrez encore. Présentez-vous chez moi, décemment, convenablement, avec de bons sentiments, et alors je
vous permettrai de voir Dolly aussi souvent qu'il
vous plaira.

— Je doute, ajouta William avec vivacité, que
l'industrie honteuse à laquelle vous condamnez cette
enfant vous soit profitable. Néanmoins, voici cinquante dollars pour vous indemniser de ce que

vous vous imaginez devoir perdre à vous priver de
la vente de son maïs chaud.

La cousine Hartman, qui avait paru peu goûter
la logique de Bill, se montra plus sensible à l'argument suprême de William. Elle regarda le jeune
homme avec une sorte d'étonnement mêlé d'un
doute qui se dissipa à la vue des deux billets de
banque de vingt-cinq dollars chacun ; elle les arracha plutôt qu'elle ne les accepta des mains de William. De même qu'elle avait passé avec une rapidité
foudroyante de sa furieuse colère contre Dolly à un
épanchement de très-vive tendresse ; ainsi elle ou-
blia son frénétique désir de conserver l'enfant auprès d'elle, pour se livrer aux rêves de toutes sortes
que lui suggérèrent la vue et la palpation des cinquante dollars. Ces variations et ces mobilités de
sentiments sont trop fréquentes chez les natures in-
cultes et abruties pour qu'on doive s'en étonner.

Dolly était donc abandonnée à William.

— Vous avez eu tort dit Bill à son jeune parent,
de donner d'un coup les cinquante dollars à cette
malheureuse. Quel usage en fera-t-elle, mon Dieu !

Madame Hartman, qui avait entendu ces paroles
prononcées à mi-voix cependant, recula de deux
pas et cacha derrière son dos les deux billets qu'elle
était occupée, à ce moment-là, à examiner sur toutes les faces. Ce mouvement avait été exécuté avec
une promptitude et une énergie qui indiquaient,

de sa part, comme une résolution de défendre héroïquement son bien.

— Qu'importe ! répondit William ; je ne m'inquiète pas de ce que fera ou ne fera pas cette femme dans l'avenir ; je ne me suis préoccupé que du bonheur de sauver Dolly.

— Oh ! vous pouvez l'emmener, riposta madame Hartman ; du moment que vous m'assurez qu'elle sera bien traitée et deviendra une laborieuse fille entre vos mains, je ne me plains plus, je ne pleure plus. Je suis heureuse de savoir que ma Dolly sera heureuse.

Il n'y avait pas de cynisme dans l'accent avec lequel madame Hartman avait prononcé ces paroles que lui inspirait la satisfaction donnée à son odieuse avidité. Elle les avait dites sur un ton plein d'abandon qui eût laissé croire qu'à ce moment-là elle parlait sincèrement, ou du moins que le cœur dictait cette réponse à ses lèvres.

— Quant aux cinquante dollars, reprit-elle, n'ayez pas peur que j'en fasse un si mauvais usage. Il y a peut-être là de quoi refaire une honnête femme !

— Que Dieu vous entende ! murmura Bill, et William aura accompli aujourd'hui deux belles et bonnes actions !

Les adieux de Dolly et de sa cousine furent moins déchirants que les scènes qui avaient signalé l'entrée des deux étrangers ne le faisaient présager.

Deux heures après, Dolly Geerts prenait place dans la maison de M. Bill.

Quant à la cousine Hartman, disons tout de suite, pour n'avoir plus à revenir sur son compte, que les cinquante dollars de William ne refirent pas honnête une femme chez qui tous les sentiments étaient éteints, et qu'ils aidèrent, au contraire, à hâter la fin de cette misérable créature. Elle mourut dans l'ivresse sur son misérable grabat, à côté de son tas de chiffons, qu'elle ne s'occupait même plus de renouveler et de grossir, au grand déplaisir des singes, ses co-locataires.

IV

Des scènes plus riantes, et tristes en même temps, vont se dérouler devant nous.

William avait subi la commune loi de presque tous les jeunes gens appartenant même aux plus riches familles des États-Unis. La fortune, dans ce pays, provenant toujours du travail, il est extrêmement rare que les pères, tout en tolérant que leurs enfants mènent grande vie, n'exigent pas qu'ils augmentent le patrimoine par le travail. William avait été entraîné, par la nature de ses affaires, à partir pour l'Angleterre, et de là pour la Chine. Depuis six ans, il n'était pas revenu à New-York.

Pendant ces six années-là, Dolly avait réalisé tout ce que l'élévation de son cœur et de son intelligence avait permis d'espérer d'elle. Dans la maison industrielle de M. Bill, elle avait appris tout ce qui peut agrandir l'âme d'une créature humaine, tout ce qui peut, en même temps, aider une femme à traverser sans périls les durs sentiers de la vie.

Dolly était devenue une très-habile ouvrière. Après quatre ans de séjour dans la maison de M. Bill, et à la mort de celui-ci, elle s'était retirée dans une petite et modeste chambre d'un beau quartier de New-York. Si charmante elle était, si laborieuse, si exacte, si naïve et si simple dans sa gaieté, que les plus riches dames de la ville impériale se faisaient une joie, ou de l'appeler à travailler chez elles en journées (et les moindres étaient grassement rétribuées), ou de monter les nombreux escaliers qui conduisaient à sa petite chambre pour lui commander leurs robes. Dolly était la couturière la plus en vogue de New-York, bien que les coquettes et les prétentieuses n'avouassent pas que leurs robes fussent faites par une si modeste, quoique si habile ouvrière, les mettant sur le compte de deux ou trois couturières fort en renom, qui bénéficiaient de cette comédie, dont le secret était, cependant, connu de tout le monde.

Madame Benton et les sœurs de William étaient

les seules qui eussent le bon goût et l'esprit d'avoir
le courage de leur préférence pour Dolly. Peut-
être bien y devait-on voir un souvenir de la bonne
action de William. Toujours est-il que Dolly était
fêtée dans la maison Benton, où on lui avait réservé
l'hospitalité pleine et entière, comme un droit au
travail pour les cas de chômage qui, heureusement
pour Dolly, ne s'étaient jamais présentés.

Dans beaucoup de familles américaines, les ouvrières appelées à travailler en journées sont trai-
tées sur un pied d'égalité à peu près complète, en
tant que par leur conduite, par leur éducation et
par leur tenue, elles s'en montrent dignes. Ainsi
elles prennent leurs repas et le thé à la table des
maîtres; cela s'explique, moins peut-être par la
pratique absolue du principe de l'égalité politique,
que par le grand honneur où, dans ce pays, on
tient le travail rehaussé par la bonne conduite. Ce
fait se constate notamment dans les États de l'est
et du nord; et dans ces derniers, les domestiques
eux-mêmes, qui reçoivent et prennent le titre d'*ai-
des*, mangent quelquefois à la table des maîtres.

Dolly était bien faite, au surplus, pour ne déparer
aucune des tables où l'accueil le plus empressé lui
était toujours réservé. Par sa beauté, par le charme
de son esprit et de son intelligence, par la réserve
distinguée de ses manières, Dolly rivalisait avec
les jeunes filles des meilleures et des plus riches

familles. Nulle d'entre elles, en tout cas, n'eût été
capable de porter avec autant de grâce que Dolly
les simples robes auxquelles l'élégance de sa personne donnait un prix et un éclat extraordinaires.
L'espèce de sauvagerie et de dureté que la misère et les souffrances physiques avaient imprimée
à ses traits, avaient fait place à une douceur angé-
lique ; ses regards avaient une placidité sympa-
thique ; ses beaux cheveux noirs, relevés en ban-
deaux fournis, encadraient merveilleusement son
visage d'une pâleur éblouissante.

Depuis six ans, ai-je dit, William n'avait point
reparu à New-York ; et depuis un mois environ que
l'on comptait, heure par heure, le jour de son retour, Dolly n'avait pas voulu quitter la maison des
dames Benton, afin d'être présente à ce moment
bienheureux. Elle avait si peu abusé du privilége
qui lui avait été assuré de trouver toujours de l'ouvrage dans la famille, qu'elle se crut autorisée à
imaginer ce mois entier de chômage, pour ne point
quitter ce foyer où se préparait une si grande fête
dont la pauvre enfant voulait sa part.

Faut-il bien le dire, au sentiment de gratitude
qui inspirait Dolly, se mêlait un autre sentiment
qui avait fleuri dans son cœur. Dolly avait appris
à aimer William, au milieu d'une famille qui, ido-
lâtrant ce fils, exaltait aux oreilles de la jeune fille
ses qualités et ses mérites. Ce n'était pas à son insu

que cette affection avait grandi ; elle l'avait senti
naître, elle l'avait cultivée, elle lui avait ouvert
franchement toutes les issues de son âme. Seulement Dolly avait caché à madame et aux demoiselles Benton la nature de son attachement pour
William ; elle n'en avait laissé voir qu'un des côtés,
celui que lui commandait la gratitude. Aussi tout
en se faisant une grande joie du retour de William,
s'attristait-elle par moments, en songeant que peut-
être son affection ne serait point partagée, et que
la rentrée de son ami, de son bienfaiteur dans cette
maison, où elle n'avait rencontré que des sourires
jusqu'à présent, deviendrait le signal et la cause
de bien des larmes et de bien des déceptions.

Peut-être pensera-t-on que Dolly était bien am-
bitieuse dans ses rêves, et qu'elle se versait elle-
même l'amertume de ses joies? Oui, il en serait
ainsi au point de vue de nos mœurs européennes,
où le dénoûment demandé par Dolly n'est qu'une
exception aux règles de notre société; mais nullement au point de vue des mœurs américaines, où
l'influence des grandes lois de l'égalité autorise
ces alliances, sans distinction de classe, pourvu
que l'homme ou la femme que le mariage élève de
la pauvreté ou de l'obscurité à la fortune et à l'é-
clat d'une condition nouvelle, en soit digne par sa
conduite et par ses qualités. Les mêmes motifs, qui
ne s'opposent point à ce qu'une ouvrière honnête,

bien élevée, distinguée de cœur et d'intelligence, soit admise à la table et dans l'intérieur des riches familles, légitiment parfaitement l'ambition qu'elle peut nourrir d'entrer dans le sein de ces familles par la grande porte du mariage.

Soit dit sans une trop longue digression sur ce sujet, là est l'obstacle que rencontrent les écrivains américains à créer des romans de mœurs intéressants, où les luttes entre l'amour et les conditions sociales fournissent matière, dans notre vieux monde, à tant de fictions saisissantes, à tant de péripéties dramatiques. Ce qui est la règle commune ici, devient l'exception là-bas ; comme l'exception ici est exposée, au contraire, à devenir la commune loi dans cette société nouvelle.

Dolly pouvait craindre d'abord de ne point trouver dans William ce qu'elle espérait ; puis elle redoutait, si bonne que fût pour elle la famille Benton, de se heurter contre un refus qui eût blessé moins sa dignité, peut-être, que sa tendresse pour William.

M. Benton avait l'orgueil d'une grande fortune, honnêtement acquise d'ailleurs ; mais il oubliait volontiers de combien était loin du point où il était parvenu, le degré de l'échelle sur lequel il avait mis le pied au départ. M. Benton, en définitive, n'était que le fils d'un simple matelot déserteur, et il avait commencé par être portefaix sur les warfs de New-York. Mais si les gens qui s'élèvent dans la société ont quelque raison de tendre à s'élever toujours et à prendre pour point de départ de leur famille leur point d'arrivée à eux, aux États-Unis où la seule distinction qui sépare les classes est la richesse, il est moins permis que partout ailleurs, à un homme d'oublier, devant la pauvreté honnête, ce qu'il a été avant d'atteindre le but envié. Ainsi ne raisonnait pas toujours M. Benton ; et Dolly avait entendu parfois sortir de ses lèvres, à ce sujet, des doctrines qui lui avaient donné le frisson au cœur.

Si grande, cependant, que fût la fortune de M. Benton, elle était, comme tant d'autres grandes fortunes des États-Unis, exposée à sombrer d'un jour à l'autre. Outre qu'une crise commerciale très-sérieuse pesait en ce moment-là sur l'Amérique, les relations de M. Benton avec tous les pays du monde l'exposaient à subir, cela était arrivé plusieurs fois, des tempêtes inattendues d'affaires, et même depuis plusieurs mois il avait reçu, de divers points, des nouvelles inquiétantes. Mais il y avait encore loin de là à une catastrophe que peut-être bien Dolly rêvait, elle, par instants, au fond de son cœur ; et de sa modeste petite chambre, elle faisait une sorte de port de refuge où les naufragés de la fortune se réjouiraient d'aborder comme à un rivage de salut.

— C'est bien mal à moi, se disait-elle tout à

coup, de songer à ce redoutable dénoûment. Je me reproche d'être si égoïste, de souhaiter de tels malheurs à de braves gens qui m'aiment tant! Non, dussé-je souffrir, dussé-je subir toutes les humiliations imaginables, je ne puis admettre que mon cœur désire la ruine et les larmes pour cette excellente famille; et d'ailleurs William ne serait-il pas frappé le premier? Qui sait s'il serait aussi heureux, pauvre avec moi, que riche sans me posséder?

Il est vrai que ces mauvaises pensées-là ne venaient jamais à Dolly que les jours où M. Benton étalait un peu trop d'orgueil devant elle; puis le retour se faisait dès qu'une bonne parole, un sourire, une caresse lui arrivaient de la part de madame Benton ou de ses filles.

V

Une après-midi, la famille Benton prenait le goûter, lorsque la porte de la salle à manger s'ouvrit brusquement, et un jeune homme entra. C'était William. Les cris de joyeuse surprise qui s'échappèrent de toutes les lèvres furent étouffés sous une pluie de baisers et de caresses. Après avoir passé des bras de sa mère dans ceux de ses sœurs, William aperçut, pour la première fois depuis son entrée dans la salle, une belle jeune fille

retirée dans un coin, l'œil ardemment fixé sur lui,
les bras pendants, les regards humides, et qui semblait s'isoler de ce bonheur comme une étrangère.
William la salua avec une extrême courtoisie d'a-
bord, en cherchant à deviner, dans un muet examen,
men, qui était cette jeune fille.

— Eh bien! lui dit madame Benton, vous ne
voyez pas, William, que c'est Dolly?...

— Dolly! s'écria le jeune Benton, en pressant
l'ouvrière dans ses bras; Dolly, ma chère enfant,
car j'ai bien le droit de la nommer ainsi! Que vous
êtes donc jolie, et grande, et charmante, Dolly!
Bonne, honnête, laborieuse, à n'en pas douter,
puisque je vous vois dans la maison de ma mère, et
que votre place est marquée à sa table entre mes
sœurs! C'est bien, Dolly! et je vous remercie, du
fond de mon cœur, de la joie que vous me donnez
en ce moment.

Dolly, toute émue, avait rougi jusqu'aux yeux;
et ses mains, que William tenait dans les siennes,
tremblaient; ses yeux, chargés de larmes, n'osaient
plus se lever sur lui.

Elle comprit qu'il fallait laisser s'épancher dans
l'intimité cette joie de la famille au retour du fils.
Elle sortit furtivement de la salle, puis de la maison, sans qu'on s'aperçût de son départ. Dolly alla
savourer dans la solitude de sa modeste chambre
son bonheur et ses espérances.

2.

Est-ce par scrupule ou par crainte que Dolly ne
revint pas le lendemain chez madame Benton, non
plus que le surlendemain, ni pendant trois jours?
C'est ce que nous ne saurions pas dire bien exactement.

Le troisième jour on s'aperçut de l'absence de
Dolly, et ce fut une occasion pour William d'entendre l'éloge de la jeune ouvrière.

— Si j'allais la chercher? dit-il. Indiquez-moi
sa demeure.

— Votre sœur Kettly va vous y accompagner,
répondit madame Benton.

William fut charmé de voir l'honnête simplicité
qui poétisait l'asile aérien de Dolly. Tous deux, se
retrouvant face à face, après six ans de séparation,
encore dans une mansarde, ne se défendirent pas
du souvenir de leur rencontre dans le hideux taudis du quartier des Cinq-Points. Ils se comprirent
par un simple regard. Dolly tendit à William une
main dont la muette pression fut plus éloquente
que toutes les paroles que son cœur même eût pu
lui dicter.

— Etes-vous bien heureuse, Dolly?

— Autant que vous devez l'être, monsieur William, à contempler votre ouvrage. J'étais moins
heureuse, cependant, il y a trois jours que je ne le
suis aujourd'hui, puisqu'il m'est permis enfin de
vous remercier.

En disant cela, Dolly porta vivement à ses lèvres la main de William.

— Allons, Dolly, fit Kettly Benton, en caressant la jeune ouvrière, il ne faut plus pleurer ainsi, puisque voilà notre William revenu. Figurez-vous, en effet, frère, que jamais Dolly n'entendait prononcer ou ne prononçait votre nom sans que des larmes lui vinssent aux paupières. Vous absent, c'était naturel, puisqu'il m'en arrivait tout autant; mais maintenant que vous êtes ici, il me semble qu'il faut rire et se réjouir.

Dolly sentit bien que Kettly, dans sa naïveté, venait de dévoiler son cœur aux yeux de William, qui surprit sa protégée rougissant et essayant de balbutier quelques mauvaises paroles de reproche à mademoiselle Benton.

— Pourquoi vous défendre de cela, mon enfant? lui dit William; laissez-moi vous remercier bien vivement, au contraire. C'est à mon tour de me montrer reconnaissant. Vous viendrez ce soir prendre le thé à la maison, n'est-ce pas?

— Mais... commença à balbutier Dolly, joyeuse, tout en cherchant, pour refuser, une excuse qu'elle ne voulait pas trouver.

William comprit, et, l'interrompant :

— C'est ma mère qui vous invite, Dolly; vous ne pouvez pas refuser.

— J'irai, répondit-elle.

William avait beaucoup étudié la jeune ouvrière pendant les quelques instants qu'il avait passés auprès d'elle, heureux de la retrouver plus belle encore, et cent fois plus charmante qu'elle ne lui avait paru le premier jour, et qu'on ne le lui avait dit ; heureux surtout de se savoir aimé.

Le soir, après le thé, William, invoquant les titres quasi-paternels que lui donnaient sur Dolly ses anciens bienfaits, la reconduisit jusqu'à sa porte, et, en la quittant :

— Dolly, lui dit-il, demain matin j'irai vous voir et je causerai longuement avec vous.

— Je vous attendrai, monsieur William, répondit Dolly en frissonnant.

Au moment où son fils et la jeune ouvrière sortirent, M. Benton, qui avait montré un peu de mauvaise humeur pendant le thé, s'était plongé dans des calculs considérables, faisant manœuvrer au crayon, sur son carnet, un régiment de chiffres. Son crayon se cassa, ce qui interrompit naturellement ses calculs et doubla sa mauvaise humeur. Il jeta le crayon sur la table, et d'un ton assez brusque :

— A présent, dit-il à sa femme, que voilà William de retour, il faudra éviter que la petite Dolly vienne si souvent ici.

— Et pourquoi-donc? demanda madame Benton.

— Pourquoi?... pourquoi?... Parbleu! comme

si vous ne me compreniez pas? Il me semble que leur sortie de ce soir, que leur embarras mutuel, que les regards échangés entre eux pendant tout le souper, en disent assez, sans que j'aie besoin d'entrer dans de plus amples explications. Mon Dieu! continua Benton, en voyant que ses filles avaient quitté la salle à manger, si Dolly était comme les autres, surtout si elle n'avait pas été accueillie au milieu de nous comme une enfant de la maison, je m'inquiéterais peu, vous sentez bien, que William se passionnât pour elle; mais Dolly est trop honnête fille pour consentir à devenir la maîtresse de William. Si donc ils se prennent à s'aimer, vous prévoyez aussi bien que moi, chère amie, quel sera le dénoûment de cet amour : une demande en mariage, et... par ma foi, je ne suis pas disposé à donner mon consentement. Prenez donc vos précautions en bonne mère de famille, dans l'intérêt de Dolly comme dans celui de votre fils... sur qui j'ai en ce moment des projets qu'il est important pour moi de voir se réaliser le plus tôt possible.

M. Benton sortit brusquement, et madame Benton tomba dans une profonde rêverie.

VI

Les vives observations de M. Benton avaient un peu blessé sa femme, et peut-être même, pourquoi

ne le pas dire, brisé des espérances qu'elle avait
nourries au fond de son cœur. L'affection qu'elle
portait à Dolly était en effet très-profonde, tant à
cause des qualités charmantes de la jeune fille,
qu'en souvenir de la conduite de William, conduite
dont Dolly s'était montrée si digne de son côté, en
réalisant, et au delà, tous les rêves fondés sur elle.
Madame Benton ne répliqua pas trop aux observations de son mari; elle avait en son caractère, en
sa raison, en son jugement, une très-grande et
très-robuste confiance. Elle ne doutait pas que
M. Benton eût ses motifs, secrets peut-être, pour
agir de la sorte, et elle ne voulait pas tout mettre
sur le compte de l'orgueil qu'elle lui savait. Elle ne
combattit que faiblement ses objections, et abandonna la partie facilement en le trouvant implaca-
ble dans sa résolution. Elle en prit texte pour
adresser des conseils pleins de modération et de
tendresse à William. Peut-être que si madame
Benton se fût montrée aussi sévèrement inflexible
que le vieux négociant, leur fils se fût-il soumis
sans murmurer aux ordres que lui infligeait la volonté de sa famille. Mais William prit acte de la
faiblesse de sa mère pour se fortifier dans son
amour, convaincu qu'il rencontrerait en elle un appui contre le refus et l'obstination de son père.

Il ne fit rien connaître à Dolly de tout cela,
s'exalta et l'exalta, au contraire, dans leur affection

mutuelle ; puis, quelques jours après, conduisant la jeune fille par la main, il entra dans le salon, où toute la famille était réunie.

Il y avait quelque chose de solennel et de grave dans cette entrée, comme dans l'attitude de ceux qu'elle surprit, ou plutôt qu'elle ne surprit guère. Madame Benton fit un mouvement pour aller au-devant de son fils : un regard de son mari la cloua à sa place, ainsi que ses filles. Dolly, épouvantée de ce silence et de cet accueil, sentit ses forces lui manquer : elle tomba sur un siége, en pleurant à grands sanglots. En dépit de l'ordre de son père, Kettly, la plus jeune des demoiselles Benton, s'était levée et s'était approchée de Dolly, tandis que William marcha droit à son père, et lui prenant respectueusement la main, qu'il pressa avec effusion :

— Mon père, lui dit-il, je viens vous demander votre consentement à mon mariage avec Dolly Geerts. Qui elle est, vous le savez ; ce qu'elle vaut par le cœur, par l'esprit, par l'intelligence, par l'âme, vous l'avez pu apprécier aussi bien que moi ; ma mère vous l'attesterait au besoin, et mes sœurs en seraient la caution.

Un long silence suivit. Madame Benton avait son mouchoir sur ses yeux ; Benton, la tête baissée, les mains croisées, regardait le tapis du salon ; William était debout, immobile. Dolly s'était laissée glisser à genoux et pleurait, la tête appuyée sur les bras de la petite Kettly.

— Mon père, dit William, j'attends votre réponse.

Benton secoua la tête doucement, et faisant un effort sur lui-même :

— Je vous aime bien William, dit-il; mais je dois refuser le consentement que vous me demandez.

— Je sais, mon père, qu'aucune prière ne vous ferait changer de résolution ; aussi je crois devoir vous demander si c'est là votre dernier mot.

— C'est mon dernier mot, William.

— Alors, mon père, je me passerai de votre consentement.

— Jamais ! s'écria Dolly en se levant et s'avançant vers William. Jamais, répéta-t-elle avec énergie, je ne ferai pareille chose.

Puis, se jetant aux genoux de M. Benton :

— Monsieur, dit-elle, c'est moi qui vous supplie maintenant ; permettez que je devienne la femme de William, bénie par vous...

M. Benton releva Dolly, déposa un baiser sur son front, et sortit en lui disant :

— C'est impossible, c'est impossible !

A peine M. Benton fut-il dehors, que William et Dolly tombaient dans les bras de madame Benton, qui ne pouvait que murmurer à travers ses sanglots :

— Pauvres enfants ! pauvres enfants !

— Madame, dit Dolly en s'adressant à madame Benton, reconduisez-moi tout de suite chez moi, je vous prie.

VII

Huit ou dix jours après cette scène, des bruits sinistres circulaient à New-York sur le compte de la maison Benton. On parlait de faillites nombreuses et considérables au Mexique, au Brésil, à Liverpool, qui pouvaient frapper M. Benton. Son crédit était déjà ébranlé.

— Ce soir, dit M. Benton à William, le steamer de Liverpool arrivera ; il nous apportera notre ruine ou notre salut.

Le steamer arriva en effet, et jeta sur la place de New-York la nouvelle de la faillite d'une des principales maisons de Liverpool. Ce sinistre était le dénoûment du drame que redoutait M. Benton. Le rêve cruel de Dolly se réalisait ! mais il restait encore l'espérance de ramasser quelques débris de ce naufrage. Un voyage de William à Liverpool était nécessaire et fut résolu.

Depuis le jour de la scène que nous avons décrite plus haut, Dolly ne s'était plus présentée dans la famille Benton, et elle n'avait plus même voulu recevoir William en compagnie de ses sœurs ou de

3

sa mère. Mais, à l'heure où le glas funèbre de la
fortune de M. Benton sonna dans New-York, la première personne qui entra dans cette maison désolée
fut Dolly. Sa venue fut comme un baume à ces
douleurs et à ces larmes.

— Je pars, chère Dolly, lui dit William. Je ne
sais ce qu'il adviendra des tentatives que je vais
faire ; mais désormais les motifs qui s'opposèrent à
notre mariage ne doivent plus exister aux yeux de
mon père. Dolly, vous me promettez de m'attendre?...

— Vous me demandez là un serment inutile,
William. Partez; que votre retour ici ramène ou non
la fortune dans votre famille, que les motifs qui se
sont opposés à notre mariage existent ou n'existent
plus, que je devienne ou non votre femme, je vous
aimerai toujours, William.

William partit. Le coup qui avait frappé M. Benton était trop rude pour un vieillard. Son organi-
sation affaiblie n'y résista pas. Il y a des riches
qui ne savent pas devenir pauvres. M. Benton suc-
comba à une attaque cérébrale, deux jours après
le départ de William. La misère, à qui la présence
d'un homme barre toujours un peu le passage, entra alors dans la maison par les portes et par les
fenêtres. Quelle résistance pouvaient lui opposer
une femme âgée et deux jeunes filles élevées dans le
luxe ? Mais Dolly était là.

Son travail suffit à peu près à l'existence de quatre personnes. Et cette petite chambre, qu'elle avait rêvée devoir être le port de salut de cette famille de naufragés, devint un sanctuaire pieux où l'huile de la lampe éclaira le dévouement le plus filial et le travail le plus noble qu'on puisse imaginer.

William revint au bout de six mois. Les affaires de son père réglées et terminées, William voyait devant lui un abîme à combler. Le rocher de Sisyphe pesait sur ses bras et sur ses épaules; la montagne se dressait devant lui rude, escarpée, formidable.

— Chère femme, dit-il à Dolly, le ciel m'a largement récompensé de t'avoir recueillie sur ma route, le soir où je t'ai rencontrée. Merci, chère enfant, de tout ce que tu as fait pour ma mère et pour mes sœurs. Je ne sais si mon cœur trouvera jamais assez de tendresse et d'affection pour te payer d'un tel dévouement ! Allons, ajouta-t-il en se tournant vers sa mère et vers ses sœurs, je suis jeune, Dolly est courageuse et forte : partons pour l'Ouest; l'avenir est à nous. Le travail est le gardien de l'honnêteté et l'inspirateur des grandes et nobles pensées ; Dolly nous l'a prouvé. Que son exemple nous aide et nous guide !

Dolly fut la bénédiction de cette famille. Son cœur autant que son intelligence, illuminèrent cette lutte avec le travail, et William Benton est devenu, m'écrit-on d'Amérique, un des plus riches propriétaires de l'Iowa.

———

FRANÇOIS GIROUST

HISTOIRE D'UN MUSICIEN

I

François Giroust vint au monde en l'an 1750.
Une fatale étoile présida à sa naissance. François
coûta la vie à sa mère; son père, marchand de
draps aux halles, mourut de chagrin quelques mois
après, laissant son pauvre petit enfant à la charge
de la charité publique.

Le drapier avait pour voisin le maître de chapelle
de la cathédrale de Paris, nommé Goulet, professeur très-accompli en ce temps-là. Ce Goulet, un
bien brave et bien honnête homme, si peu riche
qu'il fût, recueillit l'orphelin, l'éleva comme son
propre fils et l'admit dans la maîtrise de Notre-
Dame, en qualité d'enfant de chœur. La rare intelligence musicale dont la nature avait doté François,
s'était développée rapidement, avec les leçons de
son excellent maître.

A sept ans, François Giroust était beau comme
un petit chérubin ; frais et rose, tête blonde et bou-
clée. Sa voix d'un timbre d'or faisait l'admiration
des fidèles de tout âge et de tout rang ; l'âme,
captivée par la voix du jeune chantre, allait où
montait cette voix, c'est-à-dire au ciel. Aussi,
François excitait-il une sympathie générale qui,
jointe à la tendresse de son père adoptif, semblait
lui présager une vie calme et sereine. Il n'avait
donc pas ressenti l'énormité du double malheur qui
l'avait atteint à son arrivée dans le monde. Pour
comble, la fortune, à laquelle dans leurs rêves les
plus excentriques n'avaient songé ni le pauvre enfant ni le vieux professeur, fit mine de venir au-devant de François pour panser les blessures de ses
premiers pas.

Voici comme :

Un honnête procureur d'Orléans, de passage à
Paris, s'était rendu, par curiosité ou par piété à
Notre-Dame, où la cour assistait à l'office divin.
C'était le jour de la Pentecôte. Depuis quatre ou
cinq ans, François devenu grand garçon, ne chantait plus à l'église que dans les occasions tout à fait
solennelles. C'était alors comme un événement dont
on se prévenait, entre fidèles, une semaine à l'a-
vance. Le roi ayant ouï dire des merveilles du jeune
enfant de chœur avait désiré vivement l'entendre
ce jour-là. Frappé du sentiment exquis avec lequel

François avait chanté le *Domine salvum*, Sa Majesté, au sortir de la messe, lui fit remettre une bourse bien garnie.

— Puisque je récompense largement les officiers qui défendent ma personne avec l'épée, dit le roi, il me semble tout naturel que je remercie, d'une manière digne, ceux qui appellent sur ma tête avec tant d'onction les grâces et la protection du ciel!

Ce trait de bonté du roi circula rapidement de bouche en bouche. Le procureur s'informa du nom de l'enfant qui l'avait si fort ému et sur qui venait de tomber cette insigne faveur. Quand il l'eut entendu, il se le fit répéter de peur de s'être trompé.

— Où pourrai-je rencontrer ce petit prodige? demanda-t-il à son voisin.

On indiqua au procureur, qui s'y rendit en hâte, la demeure de Goulet, laquelle consistait en deux petites mansardes situées au sommet d'une maison de la rue du Haut-Moulin. Le procureur se sentit pris d'un trouble indicible quand il se trouva dans ce pauvre asile de l'honnêteté et du dévouement, en présence de l'austère figure du maître de chapelle.

— Oh! monsieur! s'écria-t-il après s'être remis de son émotion première, que je bénis le hasard de m'avoir conduit à Notre-Dame aujourd'hui! que je remercie le ciel surtout de m'avoir permis d'entendre la voix de cet enfant!...

Le procureur promena autour de lui ses regards, cherchant François et se pénétrant en même temps de la simplicité de ces deux modestes chambres, qui semblaient véritablement trop étroites pour contenir à la fois la vaste science du vieux professeur et la séve naissante du jeune talent qui devait l'éclipser. On ne se rend pas compte comment quatre planches, clouées en six pieds de terre, suffisent à renfermer un grand homme après sa mort; on s'explique difficilement aussi comment l'intelligence n'étouffe pas dans une pièce de deux pieds carrés, et sous un plafond où touche le cerveau! C'est que vivant ou mort, le génie ne se mesure pas à l'espace qu'occupe le corps : il réside et se développe dans l'immensité du monde et de la nature ; il ne suit pas l'homme dans son cercueil et dans sa tombe ; il se produit hors de la mansarde ; le soleil est sa véritable lampe de travail, la voûte du ciel le plafond de sa demeure, et sa demeure est le globe tout entier.

Goulet ne prit pas garde au naïf étonnement du procureur, mais il fut frappé du ton particulier et de l'accent ému avec lesquels son visiteur exprimait son enthousiasme à l'endroit de François. Tout d'abord, cependant, et peut-être bien pour se faire une contenance, Goulet se réfugia dans la dignité de son amour propre satisfait, et redit au procureur sa phrase sacramentelle, si souvent répétée déjà :

— Monsieur, je suis son maître !

— Je le sais, répliqua le provincial, je sais également que vous êtes son père adoptif. C'est à ces titres, qui l'un et l'autre vous font le plus grand honneur, que je vous offre mon amitié et ma gratitude.

— Je ne vous comprends pas, murmura Goulet, de qui les idées à l'endroit du procureur commençaient à s'embrouiller.

Avait-il affaire à un fou ou à un mélomane exagéré ?

— Allons au but, fit le procureur.

Ces paroles furent dites d'une telle façon que Goulet en eut le frisson.

— Voyons...

— Je m'appelle Baptiste Giroust.

Goulet devint blanc comme un marbre, et c'est à peine s'il put articuler ce seul mot :

— Après ?

— J'avais, continua Baptiste, un frère nommé Ange Giroust. Des erreurs de jeunesse, que la sévérité de notre père ne sut pas ou ne dut pas couvrir d'indulgence, éloignèrent subitement ce frère de la maison. Il y a de cela trente ans, et depuis je n'ai jamais rien su de son sort. Un mot, monsieur, et tout sera éclairci. Le père de François, que vous avez sans doute connu intimement, s'appelait-il du même prénom que mon frère ?

3.

— Oui, murmura Goulet défaillant.

— Et il était originaire de Poitiers, n'est-ce pas ?

— Oui !

— François serait alors mon neveu ! s'écria Baptiste Giroust.

Goulet baissa les yeux et laissa pendre ses bras le long de son corps, dans un état voisin de l'hébétement. Il n'écoutait plus le procureur, qui lui frappa légèrement sur l'épaule.

— Eh bien ! fit le maître de chapelle comme éveillé en sursaut, que voulez-vous ?

— Puisque François est mon neveu... commença Baptiste.

Goulet qui sentait le cœur lui manquer, se raidit devant ces paroles du procureur, qui contenaient une terrible menace. Il l'interrompit d'une voix sanglotante...

— Oh ! taisez-vous, monsieur, n'achevez pas !...

A ce moment, François apparut sur le seuil de la porte. Goulet courut à lui, et le saisissant dans ses bras :

— Mon fils ! mon fils ! s'écria-t-il, on veut t'enlever à moi !

— Qui donc ? demanda l'enfant en s'accrochant des doigts aux habits de son maître.

Baptiste, attendri, essuya une larme, et s'avançant alors vers François en lui tendant les mains :

— Personne ne songe à vous enlever à votre

père, dit-il ; je viens seulement réclamer le droit que j'ai de vous aimer.

— Qui êtes-vous donc ?

— Votre oncle !...

— Mon oncle ? demanda l'enfant naïvement étonné, et en interrogeant Goulet du regard.

— Oui, François, monsieur est le frère de votre père...

L'enfant se laissa alors caresser par le procureur, qui répétait en étudiant avec attendrissement tous ses traits :

— Oh ! c'est bien l'image de mon frère ! Oui, je le retrouve en toi.

Le front de Goulet s'était assombri devant la docilité instinctive avec laquelle François s'était apprivoisé aux tendresses de Baptiste ; des larmes abondantes roulèrent sur ses joues.

François, à la vue de cette douleur profonde et muette, se détacha vivement de l'étreinte de Baptiste, et vint se jeter dans les bras de Goulet en fixant sur lui un regard si plein d'affection et de manifeste volonté de lui demeurer attaché, que le pauvre homme se raffermit et se sentit une sorte de bravoure.

— Monsieur, dit-il à Baptiste Giroust, depuis près de treize ans, François habite sous mon toit, je puis dire sous mon aile ; je l'ai élevé, instruit, je lui ai enseigné un art dans lequel il recueille déjà d'amples moissons; je l'aime enfin comme s'il était la chair de ma chair...

L'enfant baisa avec transport les mains de son maître.

— Vous êtes son oncle, reprit Goulet, je ne pense pas du moins que vous en imposiez; vous avez donc sur lui des droits que la nature légitime. Entre vous et moi, je laisse François choisir...

François, tout ébahi, ne comprenait pas bien l'alternative où Goulet le plaçait; il ne lui semblait pas qu'il y eût pour lui de choix à faire.

— M. Goulet, répliqua vivement le procureur, vous vous méprenez sur mes intentions, et vous torturez à plaisir votre cœur : je ne songe pas à vous ravir ce que vous nommez si justement votre ouvrage.

Goulet respira.

— Le choix de François, d'ailleurs, ne me serait pas favorable, continua Baptiste; je serais donc fou d'y faire appel. Non, je réclame seulement de lui la part d'amitié qu'il me devra, et lui veux assurer la tendresse d'un oncle qui peut beaucoup pour son bonheur.

Autant Goulet avait ressenti de haine contre cet intrus et ce trouble-fête, autant les dernières paroles de Baptiste éveillèrent ses sympathies. Il lui pressa les mains avec effusion.

— A présent que nous voilà de bons amis prêts

à s'entendre à merveille, fit le procureur, voulez-vous que nous causions pendant quelques minutes tête-à-tête ?

Goulet fit signe à François de sortir.

— Je n'étais dominé par aucune illusion, dit Baptiste, quand, ce matin, j'entendis François chanter ; mon émotion, si grande qu'elle fût, était égale à celle de l'auditoire qui emplissait l'église. Mais cet enfant m'a charmé, entraîné..... Quel talent !

— François, répondit Goulet en reprenant l'autorité du maître, n'aurait jamais qu'une voix d'enfant de chœur ; aussi a-t-il chanté aujourd'hui pour la dernière fois de sa vie, en public du moins.

— Que voulez-vous dire ? demanda Baptiste avec inquiétude.

— Oh ! calmez-vous ; je m'occupe de diriger vers un avenir plus brillant encore les germes du talent solide qu'il porte en lui.

— Que voulez-vous donc faire de François ?

— Un grand compositeur ; et il me fera honneur, allez !

— Croyez-vous ?... commença Baptiste.

— J'en suis assuré. Le *Domine salvum* que vous lui avez entendu chanter, ce matin, est son œuvre, s'écria Goulet en se gonflant de vanité.

— Vraiment ? fit l'oncle tout joyeux, et en se rengorgeant.

— Oui, oui; à peine y ai-je retouché; si peu, même, que je ne devrais pas le dire. Vous avouerez que cela promet...

— A coup sûr, répliqua Baptiste; mais vous êtes souverain juge en ces matières : à vous seul donc appartient le droit de régler la carrière de mon neveu. Voici maintenant de quelle façon j'entends participer à son avenir.

— Si peu que vous fassiez, ce sera toujours beaucoup, et je vous en serai fort reconnaissant. Du moment que vous ne nous séparez pas l'un de l'autre, j'accepte de vous tout pour mon cher petit François. Parlez, je vous écoute.

Goulet se donna tout oreilles aux paroles de Baptiste.

— Je possède, dit celui-ci sur un ton où il n'entrait aucune vanité, quelque aisance, quinze cents écus environ de rente...

— Beau denier, soupira le maître de chapelle, et que je n'ai jamais pu atteindre, même en capital!

C'était pour la première fois de sa vie peut-être, que Goulet se permettait une plaisanterie quelconque; mais il était si heureux du dénouement de son entrevue avec cet oncle tombé du ciel, qu'il se croyait autorisé à sortir de son caractère.

— De plus, continua Baptiste, j'ai une fille unique, à peine plus jeune que François.

Goulet ouvrit de grands yeux, et se raffermit

sur sa chaise. On eût dit qu'il ramassait ses forces et se consolidait pour pouvoir supporter le choc de l'écrasant bonheur dont il sentait que Baptiste allait charger son cœur.

— Eh bien ! reprit le procureur, il me semble tout naturel de fiancer la gloire future de mon neveu aux grâces, à la beauté et aussi à la fortune de ma fille. Que pensez-vous de ce plan ?

— Mon pauvre cher petit François, balbutia Goulet en joignant les mains, mon pauvre cher petit François !...

Ce fut tout ce que le vieux maître sut dire. Les larmes de la joie lui coupèrent la voix. Impuissant à s'exprimer, il saisit avec transport et porta à ses lèvres les mains de Baptiste, qui lui ouvrit ses deux bras.

— A vous le soin de rendre François digne de ma fille...

— Pour cela, je réponds de lui...

— Quant à moi, je m'engage à instruire Lucienne dans cette idée que la femme d'un grand artiste doit s'élever jusqu'à lui par les qualités du cœur, de l'âme, de l'intelligence, et acheter par une tendresse et un dévouement sans bornes cette auréole de gloire qu'il attache au front de leur commune vie...

— François, répondit Goulet d'une voix ferme et convaincue, sera digne de tous les bonheurs

possibles !... Ah ! mon pauvre petit François !...
En vérité, je n'en reviens pas !...

Quelques instants après, le procureur et le vieux
maître se séparèrent, le visage épanoui et le cœur
plein de contentement.

François, présent à leurs adieux, passa des lèvres de l'un aux lèvres de l'autre, plus caressé
qu'il ne l'avait jamais été de sa vie, et victime heureuse de cette lutte de tendresse où chacun était
jaloux de laisser au front de l'enfant le dernier baiser.

La victoire resta à Goulet.

II

A huit années de là, un jeune homme vêtu de
noir entrait dans le modeste salon d'une maison à
Orléans. Son visage pâle et défait annonçait de vives préoccupations. Avant de tourner le bouton de
la porte, il avait porté la main à ses yeux,
rougis par l'excès du travail et beaucoup aussi
par les larmes. — Ce jeune homme était François
Giroust, devenu, depuis un an, maître de chapelle
de la cathédrale d'Orléans. Le deuil qu'il portait
était celui de son ancien maître. La mort seule avait
pu le séparer complètement de son cher Goulet.

Au moment où il apparut sur le seuil, Baptiste

Giroust vint à lui et lui pressa les mains avec tendresse. François ne répondit que distraitement à cette étreinte affectueuse ; ses yeux, sa pensée, son âme entière s'étaient aussitôt portés vers le fond de la pièce, où se trouvait une jeune fille, belle comme la plus idéale création d'un rêve. De longs et abondants cheveux noirs retombaient sur ses épaules nues, dont un rayon de soleil illuminait la mate blancheur. Ses mains fines et délicates effeuillaient une fleur sur ses genoux. Son profil, sérieux et doux, se détachait sur le fond des tentures comme la pure silhouette d'un camée, et la souplesse de son corps, nonchalamment affaissé sur une chaise basse, accusait au regard de suaves contours.

Lucienne réalisait toutes les promesses faites à Goulet par le procureur. Elle était, en effet, par la beauté des formes et par la délicatesse de l'intelligence, une de ces rares créatures que le ciel place sur les pas d'un artiste pour compléter son âme et pour agrandir encore l'horizon de ses rêves.

Au bruit des pas de son cousin, Lucienne, avec une charmante rougeur au front, l'avait salué des yeux et du sourire. François demeura quelque temps immobile, contemplant la jeune fille avec ravissement. Baptiste Giroust, qui avait toujours dans les mains celles de son neveu, les pressa de nouveau, et alla embrasser Lucienne en lui disant tout bas :

— Relève un peu son courage !

Puis il sortit. Lucienne, se tournant alors vers François :

— Vous paraissez bien triste, lui dit-elle.

François frémit au timbre de cette voix, et s'avançant jusqu'aux pieds de sa cousine :

— En effet, je suis triste, chère Lucienne : ne dois-je pas vous quitter ce soir ? Si courte que doive être notre séparation, depuis deux ans que je vis près de vous, que je vous vois à tous les instants, que je respire le même air que vous, je me suis tellement accoutumé à ce que les heures douces de ma vie soient comptées par votre présence, que deux jours, trois jours peut-être passés loin de vous paraîtront un siècle à mon cœur.

— Merci ! murmura la jeune fille en rougissant.

— Ah ! Lucienne, quand j'appris de votre père quel trésor il réservait à mon avenir, en vous fiançant à moi, je lui fis la promesse de n'accepter ce trésor que lorsque je pourrais, en échange, vous donner un peu de gloire : j'ignorais en quel serment je m'engageais, car je ne vous connaissais pas encore assez pour comprendre que si je déméritais de vous, c'en était fait de ma vie entière. Qui sait, maintenant, si le ciel et mon talent me permettront de tenir ma parole ?

— Pourquoi cette défaillance soudaine, mon cher François ? Pourquoi faire de notre bonheur un mirage ? Encore un pas, et nous devons toucher à un but que vous seul avez voulu éloigner. Moi, j'ai confiance en vous, en vous et en Dieu. Vous reviendrez de ce voyage, j'en ai la certitude, le front ceint de ces premiers lauriers que vous aurez cueillis pour moi. Ah ! j'en serai bien fière !...

— Je serai plus fier, moi, de vous posséder, ou plutôt de vous appartenir, Lucienne. Je n'envie et n'ambitionne le succès que parce qu'il me servira à vous mériter. — Mais vous, reprit tout à coup François, vous qui me parlez d'espoir, vous qui me reprochez ma tristesse, d'où vient que votre main tremble dans la mienne et qu'elle brûle la fièvre ? D'où vient que vous paraissez inquiète ?...

— Inquiète, non, mais soucieuse, et soucieuse pour vous.

— Pour moi, Lucienne ?

— Oui, mon ami ; vainqueur ou vaincu, je sais bien que vous ne m'aimerez pas moins, comme j'espère que vous êtes certain de mon inaltérable attachement. Mais le fruit de vos travaux, l'espoir de vos veilles, ne croirez-vous pas tout cela perdu ? Passionné comme vous l'êtes pour votre art, une défaite, si, contre mon attente, elle arrivait, une défaite, dis-je, vous tuerait !

— C'est vrai ! répondit François en portant la main à ses yeux.

— J'ai donc peur, reprit Lucienne, et je ne sais pourquoi.

En parlant de la sorte, la pauvre enfant se faisait l'écho d'une voix fatale qui sonnait un glas sinistre au fond de son cœur et y entretenait des pressentiments qu'elle avait jusqu'alors cachés à son père et surtout à François.

III

Quelques heures après cette scène, qui se termina par un adieu plus déchirant que la circonstance ne l'autorisait, François galopait sur la route de Paris.

Qu'allait-il y faire ? — Apprendre si son nom devait sortir vainqueur d'un concours aux chances duquel il avait livré son avenir, son bonheur.

O vous, qui savez tout ce que le riche cœur d'un artiste sérieusement épris renferme de tendresse, de dévouement, de volonté dans ses replis profonds, serez-vous étonnés quand je vous dirai que François avait rêvé et tenté des choses impossibles, pour arriver, glorieusement, à la conquête de cette jeune fille sur l'affection de laquelle il avait placé toutes les espérances et toutes les joies de sa vie.

Le sujet proposé au concours où François Gi-

roust avait pris part, était le *Super flumina Baby-
lonis.*

Le prix officiel consistait en une simple médaille
d'or.

Pour François, la valeur réelle de cette victoire
était une aurore de renommée à offrir à Lucienne.

Les compositions étaient jugées alors, comme
elles le sont aujourd'hui, sous le voile de l'inconnu.
Deux d'entre elles fixèrent au plus haut point l'attention des juges. Egalement remarquables par
l'ampleur de la facture, par la vérité des accents,
elles différaient cependant de style et de sentiment.
Si l'une révélait une science musicale consommée,
fruit de l'étude et du travail, l'autre était un jet du
cœur. Longtemps le tribunal hésita, et, pour con-
cilier les préférences partagées, il fut décidé qu'on
accorderait deux médailles, à égalité de talent. —
O surprise ! le même nom sortit du mystère des
manuscrits.

Ce nom était celui de François Giroust.

François avait voulu une victoire à tout prix. En
faisant ployer son talent aux désirs de son cœur, il
s'était multiplié pour arriver au but. Dans le délire de son bonheur, il mêlait le nom de son vieux
maître à celui de Lucienne, adressant à l'un des
actions de grâces, et faisant hommage à l'autre de
sa double couronne.

Le lendemain, l'esprit gros de projets et de rêves, il reprit le chemin d'Orléans. A mesure qu'il approchait de la ville, son cœur se serrait ; sa poitrine oppressée respirait à peine l'air qui se raréfiait autour de lui, et il sentait par moment des flots de larmes monter à ses yeux. Il attribua cette disposition étrange au bonheur, à l'ivresse, à l'orgueil.

Quand François arriva devant la maison de son oncle, il faisait nuit pleine. Son émotion était telle, qu'il s'appuya contre la muraille pour ne pas tomber ; puis il frappa avec hésitation et en tremblant. Le bruit du marteau de fer lui parut lugubre. Une sueur froide inonda le front de François ; des pas rapides descendirent les escaliers ; les verroux crièrent, la porte tourna sur ses gonds. Une servante se présenta, pâle et tenant avec peine entre ses mains défaillantes un flambeau vacillant.

— Jésus, Maria ! s'écria-t-elle, j'espérais que c'était le médecin !

François n'en demanda pas davantage ; il bondit à travers les escaliers et courut vers la chambre de Lucienne. Sur le seuil, Baptiste était debout qui l'attendait, la tête cachée dans ses deux mains.

— François ! mon pauvre François ! cria celui-ci en cachant dans son sein la tête de son neveu.

François n'eut pas besoin d'explications pour comprendre qu'un grand malheur avait mis le feu aux quatre coins de la maison.

— Vit-elle encore ? demanda-t-il au père.

— Oui ; mais n'entre pas dans cette chambre : la mort y veille.

— Qu'importe ! je veux voir Lucienne !

Se dégageant de l'étreinte de Baptiste, François poussa la porte et se précipita vers le lit.

Horrible spectacle ! En bien peu de temps, en six jours à peine, de cette beauté si fraîche et si pure, il ne restait plus qu'un visage ravagé par la petite-vérole, des yeux éteints qui ne le reconnurent pas, un front sur lequel la mort semblait être déjà assise.

— O mon Dieu ! mon Dieu ! murmura François, en s'agenouillant au chevet du lit.

Lucienne entendit la voix de son cousin ; elle souleva péniblement sa tête ; ses traits déchirés semblèrent se contracter sous une douleur plus poignante encore que celle de la maladie ; ses yeux, obscurcis et ravagés par le mal, parurent se rallumer ; mais ses lèvres tuméfiées ne purent d'abord articuler une seule parole. Ce ne fut qu'après des efforts dont François suivait le travail qu'elle parvint à prononcer quelques mots :

— J'avais bien raison de vous dire l'autre jour, — murmura-t-elle, — que j'avais peur, car je sentais déjà le mal en moi ; mais en vous laissant supposer alors que je craignais pour vous seul, je ne redoutais qu'une chose, mon ami : ne plus vous revoir. Vous revenez, je le sais déjà, le front chargé d'une double couronne. Je remercie le ciel d'avoir permis que la fiancée pût, un seul jour, être fière de la gloire qui était réservée à l'épouse.

— Lucienne! Lucienne! — s'écria François, — non, vous ne mourrez pas encore! Vous vivrez! vous vivrez pour moi!...

— Et quand bien même la vie me resterait, — fit-elle en secouant la tête, — je ne serais plus cette jeune fille.... belle.... et que vous aimiez dans tout son éclat....

— O Lucienne! que m'importe que ce mal hideux ait dévasté votre visage! Il n'aura pas touché à votre cœur, et vous serez belle encore de toute la beauté de votre âme!....

La pauvre jeune fille s'affaissa sous l'effort qu'elle avait fait; la mort, qui planait au-dessus de sa tête, s'abattit plus près encore. Les regards de Lucienne s'éteignirent, la parole échoua sur le bord de ses lèvres en un râle informe et inarticulé. François poussa un cri, et, saisissant avec ardeur l'une des mains criblées de Lucienne, au risque de s'inoculer le mal, il y colla sa bouche. Cette main eut à peine la force de presser la sienne, puis elle se raidit, se glaça....

La mort avait enlevé sa proie!

IV

Tout fut changé dans l'avenir de François. Longtemps il resta indécis, l'œil fixé sur cet horizon
borné par un deuil où son cœur et son esprit ne
trouvaient ni consolation ni repos. Bien que la
pente naturelle de son talent le portât à la musique sacrée, il avait rêvé une gloire plus séduisante
et plus populaire. Il avait composé déjà presque en
entier un opéra. Il en jeta au feu les pages ébau-
chées, et jura de consacrer à Dieu toutes les inspirations de son âme, de ne vivre plus qu'en lui, espérant ainsi se rapprocher de sa fiancée.

Il tint parole.

Durant la première année de sa douleur, adou-
cie par un mysticisme élevé, François Giroust écri-
vit deux *Requiem* et un *Magnificat* « où, dit un de
« ses biographes, si l'on n'était pas dominé par la
« pensée religieuse, on sentirait presque fleurir
« l'enthousiasme d'un amour terrestre. »

On sait que les plus grands artistes doivent souvent leurs plus belles œuvres au hasard et à des
causes extérieures. Ce fut à une de ces sources
inattendues que François puisa la plus remarqua-
ble de ses compositions.

Un jour, en visitant les appartements de Versailles, il s'arrêta longtemps devant un tableau de

4

la *Résurrection*. Il passa bien vite de l'admiration
à une sorte d'agitation fiévreuse devant cette toile;
puis, se frappant tout à coup le front, il s'éloigna
vivement en s'écriant :

— Voilà un magnifique tableau! Je veux le mettre en musique!

Rentré chez lui, il entreprit avec ardeur cette
traduction de la peinture dans une langue où les
effets matériels sont si difficiles à obtenir, où l'imagination s'exalte bien plus que les sens, quoique
cette langue s'adresse d'abord aux sens. Souvent
il partait d'Orléans comme un fou, et venait à Versailles passer des heures entières en contemplation
devant le tableau où il puisait de nouvelles et ar-
dentes inspirations. Son œuvre achevée, il la fit
exécuter à Orléans, un vendredi saint, au milieu
de l'agitation générale. Chaque passage de ce drame religieux fut un succès pour le jeune compositeur, un succès de pleurs et de poétiques émotions.

Les triomphes du pauvre François étaient amè-
rement troublés par le souvenir de Lucienne, pour
qui il avait rêvé cette gloire dont il ne savait plus
que faire.

L'oncle Baptiste était mort peu de temps après
sa fille, laissant à son neveu une partie de sa fortune, que celui-ci ne sut pas retenir, ni même dis-
puter à des procès où il n'essaya même pas de défendre ses droits. François avait alors vingt-cinq

ans ; il occupait toujours la place de maître de chapelle de la cathédrale d'Orléans, dans une modeste
renommée et dans une demi-obscurité.

Mais le malheur de sa vie avait été de rencontrer
de ces faveurs soudaines qui l'enlevèrent à la quiétude apparente de son existence, pour le précipiter
ensuite d'autant plus bas dans l'abîme des déceptions.

Si le vieux procureur Baptiste Giroust n'eût pas
eu le sentiment musical aussi bien prononcé, il ne
se fût pas inquiété du jeune enfant de chœur de
Notre-Dame ; François ne retrouvait pas une famille, n'abandonnait par sa médiocrité pour la
perspective d'une fortune si cruellement achetée ;
il ne goûtait pas à la coupe de miel de l'amour, et
son cœur ne se fût pas déchiré dans la plus horrible des douleurs.

Une fois encore, François, à l'étroit dans sa gloire
modeste, ne devait en sortir que pour être écrasé
sous la chute du piédestal où on allait l'élever.

En 1775, le roi passa par Orléans. François
composa pour cette solennité un *Domine salvum*.
On se souvient que douze ans auparavant le même
sujet lui avait porté bonheur. Le roi, à qui le nom
du jeune maître de chapelle n'était pas inconnu,
s'empressa de lui donner la surintendance de sa
musique. Il occupa ce poste jusqu'à la Révolution.

En supprimant tout le luxe de la cour, on balaya

le vieux compositeur avec le reste des inutilités dispendieuses. Giroust roula encore une fois du faîte des espérances et des douceurs de la vie dans l'obscurité et la pauvreté, bien tristes en un temps où l'on ne s'occupait plus guère de musique. De la pauvreté il tomba dans la misère, de la misère dans le découragement, puis dans l'oubli de tous ses amis et de tous ses protecteurs, ce qui ne fut pas long.

Après bien des sollicitations, il obtint enfin la place de concierge du palais de Versailles. Au mince chiffre de ses gages payés en assignats, il ajoutait le produit de quelques airs anonymes adaptés aux chansons que le peuple chantait en ses jours de victoire et de fête! Puis vinrent les maladies engendrées par le chagrin, et un beau jour on chassa François du palais de Versailles, comme incapable même d'occuper un poste de concierge.

Il ne restait plus au malheureux compositeur que l'alternative de mendier ou de mourir de faim dans quelque coin obscur d'un hôpital. Il se roidit, cependant, contre la mauvaise fortune. François s'établit alors marchand de pains d'épices et de sucreries dans une misérable échoppe sur un des boulevards de Versailles.

C'est là qu'il souffrait d'humiliation, de maladie, de faim le plus souvent, lorsqu'au mois de juillet de l'année 1794, un membre de la Convention dont

le nom doit rester cher aux lettres et aux arts,
parce qu'il en a été un des zélés protecteurs, sinon
l'unique protecteur, durant la tourmente révolu-
tionnaire, fut forcé par un violent orage de chercher un abri entre les quatre planches qui formaient
la boutique du pauvre marchand.

Lakanal, touché des souffrances de son hôte,
frappé de la distinction de son langage, de l'intelligence de ses traits dont la misère et les maladies
n'avaient pu éteindre tout l'éclat, le questionna et
reçut toutes les confidences du pauvre compositeur
déchu, qui s'était grandi tout à coup à ses yeux de
toute la hauteur d'une immense infortune.

— Voulez-vous lui demanda Lakanal, que je
fasse quelque démarche pour vous ?

— A coup sûr; mais hâtez-vous, car je sens la
maladie me ronger, et il se pourrait que je ne
jouisse pas longtemps du bien que vous avez le désir de me faire.

— Tranquillisez-vous : un peu d'aisance et de
contentement vous rendront beaucoup de santé ;
vous aurez de mes nouvelles bientôt.

Le lendemain, Lakanal fit de vains efforts pour
rencontrer le ministre de l'intérieur. Ce ne fut
qu'après deux jours de démarches qu'il put enfin
lui raconter les malheurs de François Giroust. Le
ministre accorda, séance tenante, une pension de
800 livres au compositeur.

4.

Hélas! il était trop tard; quand Lakanal arriva à Versailles, le brevet et un quartier de pension à la main,

François Giroust était mort pendant la nuit!...

LES DOUBLONS DU COMMANDEUR

I

On n'a pas été toujours juste en parlant des
nègres et de leur rapports avec les blancs, leurs
maîtres. Trop souvent on a oublié de dire que ces
maîtres étaient des protecteurs, des pères dans l'acception de tout le dévouement et de tous les sacrifices que ce titre commande. Les uns ont présenté,
de parti pris, les nègres ou comme des victimes ou
comme des bêtes fauves : tigres ou colombes, on
n'admettait pas de milieu ; les autres appliquaient
le même procédé dans leurs jugements sur les
maîtres : bourreaux ou victimes aussi, voilà comme
on les a dépeints.

Rien n'est plus faux, rien n'est plus vrai en
même temps que ces appréciations ; c'est-à-dire
qu'en écrémant la race des blancs, propriétaires
des esclaves, on en a rencontré de cruels et d'im-

placables ; mais c'est l'exception rare. De même, on pourrait citer des nègres dont le poison, l'assassinat, le feu et la ruine étaient le but de la vie, le rêve des nuits et des jours ; ingrats par instinct, prêts à la vengeance, au lendemain même d'un bienfait. Là encore, c'était l'exception.

Aux lugubres drames dont fourmillent les chroniques de l'esclavage, il y a, Dieu merci ! des compensations.

La sanglante révolution de Saint-Domingue qui se dénoua par le massacre des blancs, a fourni elle-même d'éclatants exemples de dévouement, de fidélité, de sacrifices personnels de la part des esclaves. Beaucoup d'entre eux ont risqué héroïquement leur vie, et se sont condamnés à passer pour traîtres aux yeux de leurs complices, afin d'arracher leurs maîtres à la mort.

Entre autres épisodes qui se rapportent à cette lugubre épopée, je citerai celui d'une négresse qui déroba sous ses jupes un jeune enfant de huit ans qu'elle avait allaité : tout ce qui restait d'une famille entière massacrée dans la ville des Cayes. Elle garda l'enfant ainsi caché jusqu'à ce que le dernier bourreau fût sorti de la maison ; puis, tout d'une course, elle l'emporta sur l'habitation de son ancien maître, le présenta à l'atelier comme le fils de son bienfaiteur, et le mit sous la sauvegarde des esclaves révoltés.

Armés de coutelas et de fusils, enivrés par le sang déja répandu à profusion, à la lueur sinistre de l'incendie qui dévorait l'habitation, les nègres refusèrent toute grâce à l'enfant. Ils se disposaient à lui faire payer cher la couleur de sa peau, lorsque la nourrice, sous l'effort d'un courage héroïque, saisit un coutelas, défendit le jeune blanc comme une lionne défend son petit, mais non pas sans avoir reçu plusieurs blessures.

Étonnés de tant de bravoure et de tant d'énergie, les nègres, impitoyables jusqu'alors, suspendirent cette lutte inégale que la reconnaissance et le dévouement étaient parvenus cependant à égaliser.

— Tu aimes donc bien ce *béké* (blanc) ? demanda un des nègres, le meneur de la bande.

— Ingrat ! lui répondit la négresse ; tu as oublié qu'un jour où tu avais été condamné à recevoir vingt-neuf coups de fouet, ce fut lui qui demanda et obtint ton pardon ! Tu as oublié que quand tu as eu, l'année dernière, la main broyée entre les cylindres du moulin à cannes, c'était sa mère, notre bonne maîtresse, qui allait elle-même deux fois par jour à l'hôpital te panser et te donner des soins ! Tu as oublié que, quand tu t'es marié, c'est la sœur de ce *petit maître* qui a donné à ta femme toutes ses chemises, toutes ses jupes, tous ses madras ! Ingrat !

Le nègre demeura comme anéanti devant le sou-

venir de tous les bienfaits que la nourrice venait
d'énumérer à son cœur. Il laissa tomber son coutelas, se jeta aux genoux du jeune enfant, dont il embrassa les mains et les pieds avec respect ; puis, se
retournant vers la troupe émue aussi :

— Que pas un de vous, s'écria-t-il, ne touche à
un cheveu de ce petit *béké*. Maintenant, reprit-il en
s'adressant à la négresse, il faut le sauver. Et d'abord
va-t-en à ma case dont voici la clé, tu t'y enfermeras
avec cet enfant. Quand la nuit sera venue, je te con-
duirai dans un bois où tu pourras te cacher sûrement ; et, tous les jours, j'irai moi-même vous porter votre nourriture.

Il en fut ainsi ; le nègre tint parole, et il faisait
tous les matins près de deux lieues pour aller visiter
son *petit maître* (il continua toujours à l'appeler de
ce nom), et son unique préoccupation, de ce moment, fut de trouver l'occasion de lui faire quitter
l'île, ainsi qu'à la nourrice.

Pendant une nuit, à deux mois de là, il les embar-
qua dans un petit canot conduit par lui seul, et les
mena à bord d'un bâtiment anglais qui louvoyait au
large. Le nègre solda lui-même au capitaine le prix
du passage jusqu'à la Jamaïque, et, en quittant le
pont du navire, il pressa le jeune blanc dans ses bras
avec une pieuse émotion.

On peut dire que le petit nombre des blancs qui
ont échappé au désastre sanglant de Saint-Do-

mingue a dû son salut à des actes pareils à celui que je viens de raconter.

II

Voici un des épisodes de la vie des esclaves qui fait, à coup sûr, le plus d'honneur à la race noire, en même temps qu'il est un témoignage éclatant en faveur des blancs.

Un habitant d'une de nos colonies, M. V.., quoique riche en apparence, et possédant deux belles plantations de cannes à sucre et un important atelier d'esclaves sur chacune d'elles, était au contraire, comme le sont beaucoup de propriétaires des Antilles, dans une position embarrassée. Il avait des dettes nombreuses, des engagements considérables auxquels il parvenait à faire face, grâce à une activité surprenante et à des privations cruelles quelquefois.

Il ne s'agissait pas seulement pour lui de satisfaire ses créanciers, mais il avait de plus la charge de quatre cents esclaves qu'il lui fallait nourrir, habiller, soigner en cas de maladie. C'était là un souci qui passait bien avant les soucis de sa propre famille.

Le plus souvent, sa table était modestement servie des plats les plus vulgaires ; ses filles, jeunes, belles et fraîches créatures, aimant l'élégance, comme toutes les femmes l'aiment dans ce pays-là ; ses filles, dis-je, soucieuses autant que leur père de l'accomplissement des grands devoirs qui leur incombaient, portaient les robes les plus simples : pas de bijoux, rien qui pût laisser supposer qu'une *gourde* (pièce de cinq francs) fût employée mal à propos dans cet intérieur modeste.

Ces privations avaient pour but, comme je le disais, de mettre l'habitant en mesure de satisfaire à ses engagements, en ne s'exposant pas à ce que les nègres des deux habitations manquassent de rien.

C'est ce que ne comprendront peut-être pas bien aisément ceux qui n'ont pas assisté à ce drame intime de l'esclavage, qui ne savent pas les liens d'attachement qui ont souvent uni le maître à l'esclave, l'importance que le créole donnait à l'accomplissement de ses devoirs de famille envers ces enfants noirs dont il avait la conduite et la responsabilité. M. V... était arrivé d'ailleurs par ses bons et paternels soins à mériter l'affection de ses esclaves. Il n'en était pas un qui ne sût parfaitement à quoi s'en tenir sur les sacrifices que côutait à leur maître et à leurs jeunes maîtresses, le bien-être qui entourait les ateliers des deux plantations.

Outre la nourriture, le logement, l'habillement et les autres soins matériels qu'il accordait aux esclaves, le propriétaire leur concédait à chacun un

coin de terre dont les produits leur appartenaient
exclusivement, et ils avaient, pour le cultiver, une
demi-journée par semaine (en plus du dimanche).
Dans ces *jardins* (ainsi s'appelaient ces terres des
esclaves), ceux-ci récoltaient des racines, des légu-
mes, des fruits qu'ils vendaient au marché le dimanche. Autour de sa case, le nègre avait encore
un espace clos, où il élevait des animaux domestiques, seconde source assez abondante de produits.

Les esclaves de M. V..., parfaitemeut édifiés,
comme je l'ai dit, sur les privations de la maison du
maître, ne manquaient jamais de saisir un prétexte
pour envoyer à leurs jeunes maîtresses tantôt un
beau panier de fruits, ou bien les plus grasses vo-
lailles de leur basse-cour. C'étaient là les préludes
touchants d'une reconnaissance et d'un dévouement
qui, bientôt, devaient se manifester d'une façon
éclatante.

Le ciel avait béni jusque-là les efforts de M. V...
à accomplir noblement sa difficile tâche. Les récoltes
avaient été abondantes et lucratives, en sorte que
rien n'avait empêché le digne planteur de satisfaire
à ses engagements. Mais vint une année de sécheresse affreuse ; les cannes à sucre furent brûlées par
le soleil, comme si un incendie avait dévasté la terre.
D'un seul coup les fruits de tant de travail, d'éco-
nomie, de privations se trouvaient perdus. C'était
un véritable naufrage en vue du port. Il fallut se

résigner, recommander son âme à Dieu, et se laisser engloutir dans les flots.

M. V... en appela aux preuves qu'il avait données de sa haute probité. Son noble cœur et sa délicatesse en affaires étaient assez connus, pour qu'il trouvât grâce devant ses créanciers, et il obtint de tous, excepté d'un seul, le répit et l'indulgence que la déplorable situation de la colonie faisait un devoir d'accorder chrétiennement. Ni prières, ni promesses ne purent toucher cet impitoyable créancier. Il s'arma de toutes les armes que fournit l'arsenal du Code, et se présenta sur l'habitation de V... pour opérer la saisie à laquelle la loi l'autorisait.

On peut comprendre mieux que je ne le saurais dire, ce qu'il y eut de pleurs répandus dans cet intérieur, la veille du jour où l'exécution devait avoir lieu.

Lorsque le soir, l'atelier de celle des habitations sur laquelle vivait V..., se réunit devant la maison pour faire en commun la prière que disait alternativement l'une de leurs jeunes maîtresses, les nègres étaient plus fervents que de coutume, et même quelques-uns d'entre eux essuyèrent des larmes qui leur montèrent aux yeux au moment où, selon l'usage, ils demandèrent à Dieu de protéger leur maître et leurs maîtresses, et de répandre sur eux ses bénédictions et ses bienfaits.

Quand l'atelier fut parti, V... rentra dans la

maison, et pressant avec effusion ses enfants contre son cœur :

— Dieu, murmura-t-il, aura peut-être pitié de nous d'ici à demain. En tout cas, que sa volonté soit faite !...

III

Depuis environ deux heures, la maison était close ; le plus complet silence régnait à l'intérieur comme à l'extérieur : on n'entendait guère que le pas lent et lourd des nègres veilleurs faisant leur ronde nocturne.

Une jeune négresse nommée Rosillette, qui depuis un moment épiait, l'oreille collée à une fenêtre du rez-de-chaussée, quelque signal convenu, ouvrit tout à coup un pan de la croisée sur le rebord de laquelle s'appuya un nègre d'une quarantaine d'années.

— Est-ce fait, *papa* Jean ? demanda vivement la jeune négresse.

— Oui, répondit le nègre, j'ai tout ce qu'il faut.

— Entrez, alors, murmura Rosillette en battant des mains avec joie.

Papa Jean (les nègres donnent ce titre à tout nègre ou mulâtre qui exerce de l'autorité ou une certaine influence sur eux) ; *papa* Jean, dis-je, enfourcha la croisée, introduisit à sa suite un assez volumineux paquet qu'il avait déposé au dehors, puis il s'appuya contre un meuble et attendit.

Pendant ce temps la jeune négresse s'était glissée furtivement et sans bruit jusqu'à la chambre de l'aînée des filles de M. V... Apercevant à travers les fentes de la porte un filet de lumière, Rosillette ne prit même pas la peine de frapper, et entra. Elle trouva sa maîtresse à genoux devant son lit, la tête plongée dans ses deux mains, et priant avec une telle ferveur que l'arrivée de la négresse ne la troubla pas. Rosillette s'avança vers la jeune fille, et lui tirant le bas de sa robe pour la réveiller de sa prière :

— Mam'zelle Églée, lui dit-elle, venez vite, le *commandeur* de l'habitation est en bas, qui demande à vous parler tout de suite.

A ce mot de *commandeur*, Églée pâlit.

— Oh ! mon Dieu ! s'écria-t-elle, est-il encore arrivé quelque malheur ? il faut prévenir mon père.

— Non pas, risposta vivement Rosillette ; c'est à mam'zelle toute seule que *papa* Jean veut parler.

Églée se rendit en tremblant dans la galerie où se trouvait le commandeur.

— Qu'y-a-t-il, Jean ? s'écria-t-elle. Et avant que le commandeur, plus ému que sa jeune maîtresse, eût pu trouver la force de prononcer un mot, Églée reprit : Quelque empoisonnement, n'est-ce pas ?

peut-être des *marronnages?* N'est-il pas déjà disparu un nègre depuis ce matin? Ah! un malheur
ne vient jamais sans l'autre.

Papa Jean profita de ce que Églée, suffoquée
par les sanglots, ne pouvait plus parler, pour prendre la parole.

— *Petite mam'zelle*, dit-il, c'est vrai que souvent
un malheur suit un malheur; mais quelquefois
aussi un malheur est suivi d'un bonheur.

Églée dressa la tête et écouta.

— Oui mam'zelle, c'est comme cela quand un
bon maître a de bons esclaves.

— Que veux-tu dire, Jean?

— Demain, mam'zelle, on doit venir sur l'habitation saisir, n'est-ce pas? Les ateliers des deux
habitations le savent, et ils ne veulent pas qu'on
fasse ni peine ni mal à *Monsieur*. Vous savez que
Jambon est parti depuis ce matin; vous l'avez cru
marron? Eh bien, il était allé au bourg pour s'informer combien il fallait d'argent à *Monsieur* pour
payer. Il est revenu ce soir, il nous a dit la somme:
c'est-à-dire cent doublons (8,640 fr.) et cette somme,
mam'zelle, je vous l'apporte au nom des ateliers de
notre maître; la voilà en doublons d'Espagne, dans
ce sac.

Églée poussa un cri qui fit ouvrir aussitôt toutes
les portes de l'intérieur de la maison; de tous
côtés on vit accourir des visages inquiets. Jean

voulait profiter de ce tumulte pour s'enfuir ; mais les deux mains d'Églée s'étaient cramponnées aux poignets du nègre, et retenaient le commandeur avec une force contre laquelle celui-ci n'osait pas lutter, de peur de briser ces beaux doigts blancs qui lui enfonçaient leurs ongles aigus dans les chairs.

— Qu'y a-t-il donc ? s'était écrié M. V.... en accourant vers sa fille.

— Il y a.... il y a.... essaya de balbutier Églée ; puis, sans pouvoir ajouter un mot de plus, elle tomba évanouie entre les bras de ses deux sœurs.

— Voyons, Jean, vas-tu m'expliquer....

— C'est tout simple, maître ; j'ai été chargé d'apporter ceci à mam'zelle pour vous le remettre. Mam'zelle a été si contente que la joie l'a étouffée. Voilà tout.

— Ces doublons-là ?... murmura M. V... ; où les as-tu pris ? où les as-tu trouvés ?

— Nous les avons trouvés, répondit Jean, dans les jardins que vous nous avez donnés, dans les nids des poules et des pintades que nous élevons autour de nos cases.... Nous vous les prêtons, maître ; vous nous les rendrez quand viendra une meilleure récolte, s'il plaît à Dieu !

M. V.... ému jusqu'aux larmes, tendit les deux mains au commandeur qui hésita, pendant quelques instants, par respect, avant d'y laisser tomber les siennes.

— Ah! vous êtes de braves gens, tous! s'écria l'habitant; et je suis bien noblement récompensé, aujourd'hui, d'avoir compris mes devoirs et de les avoir accomplis.

Les trois filles de M. V.... étaient à genoux, groupées devant un fauteuil.

— Tiens, dit l'habitant en montrant ses enfants au nègre, raconte à tes camarades que tu as vu ces trois anges priant Dieu pour eux.

LA VEUVE CATHERINE

I

— Est-il bien sûr, madame Catherine, que vous ne voulez pas vous remarier?

— C'est la vérité, Claude. J'ai fait ce serment-là au lit de mort de défunt mon mari.

Claude haussa les épaules, et reprit après un moment de silence :

— Ce sont là des serments que font toutes les femmes, madame Catherine; mais bien peu le tiennent.

— Et pourquoi croyez-vous cela, Claude? demanda Catherine sur un ton un peu vif.

— Dame! je me suis laissé dire qu'une femme donne, ainsi, à penser qu'elle n'a pas été heureuse en ménage et qu'elle ne veut plus tenter le diable.

Catherine regarda pendant un instant Claude,

qui avait baissé les yeux à terre, et, secouant mélancoliquement la tête :

— En ce qui me touche, dit-elle, ce serait mentir ; car j'ai été aussi heureuse avec défunt Branchu, qu'il est possible à aucune femme d'espérer de l'être.

La voix de Catherine tremblait légèrement, et ses yeux se mouillèrent.

— Ce serait donc à dire, reprit Claude, que défunt Branchu était la perfection des perfections, et qu'avec un autre homme que lui vous ne trouveriez pas le bonheur ?

— Je ne suis pas si hardie que de prétendre cela. Ce n'est point pour accuser les hommes que j'ai parlé comme je viens de le faire, mais pour rendre à mon pauvre défunt la justice que je lui dois... Car enfin Branchu était bon comme ce qu'il y a de meilleur dans le pays.

Catherine essuya ses yeux avec le coin du mouchoir qui couvrait son cou.

— Pour ce qui est de ça, madame Catherine, c'est vrai, Branchu était un brave homme que tout le monde estimait, et moi tout le premier ; mais, pour en revenir à notre propos de tout à l'heure, voyez-vous, si les femmes réfléchissaient tant soit peu quand elles font de ces serments dont vous parliez, elles ne les feraient jamais.

— A cause ?

5.

— A cause de toutes les raisons qui peuvent les entraîner à se manquer de parole.

Catherine montra, à travers les larmes qui noyaient encore ses yeux, un sourire d'incrédulité, presque d'inquiétude. Son geste commanda à Claude de s'expliquer. Claude reprit :

— Pour les unes, c'est l'ennui du veuvage, l'isolement, le sentiment d'aimer et d'être aimées ; c'est quelquefois l'amour des plaisirs ou bien le commandement de leur beauté.

Catherine secoua la tête en signe de négation.

— Pour les autres, continua Claude, c'est le devoir, c'est le besoin d'un appui, ou bien la faiblesse de leur santé ; c'est l'obligation d'aider leur enfant dans la vie, c'est... Enfin il y en a des raisons à n'en plus finir, madame Catherine. On fait alors contre nécessité bon cœur ; on veut bien d'abord se laisser aimer, et puis, pourvu que ce soit par un honnête homme bien courageux, bien rempli de bonne volonté, on finit par ne plus se repentir d'avoir cédé. Il advient même qu'on remercie le bon Dieu de ce qu'il a fait pour vous une seconde fois,... voire une troisième au besoin.

Claude avait mis dans le débit de ce discours, une volubilité et une certaine chaleur peu d'accord avec son caractère ; elles lui étaient encore moins habituelles en présence de Catherine, qui l'intimidait ; non pas certes que la pauvre femme fût bien imposante, mais Claude se sentait pris devant elle d'une réserve voisine de la peur. Une légère rougeur avait couvert ses joues basanées ; il fut comme ébaubi lui-même de son excès d'audace. En terminant, il tremblait comme s'il eût commis une faute.

— Et de toutes ces raisons que vous venez de dire, Claude, demanda Catherine, laquelle croyez-vous donc qui serait assez forte pour me faire mentir à ma parole ?

— Je ne serai pas embarrassé pour vous répondre, fit Claude car ce sont les meilleures de toutes ces raisons, — où il y à choisir, — qui sont à votre adresse, madame Catherine. Vous n'êtes pas une femme légère, vous, ni de cœur ni de sentiments ; vous ne vous tourmentez pas des choses qui agiteraient une autre femme jeune comme vous l'êtes, et pas du tout vilaine. Vous n'avez qu'une inquiétude, vous, c'est votre petit, qui n'est pas d'une bonne santé, au fait ; il est maladif même, et peut vous demander tant de soins, qu'un jour votre travail ne suffira plus à vous faire vivre, ou bien vous vous donnerez tant de mal dans votre ouvrage, que vous pourrez bien succomber à la peine ; car c'est dur pour une femme, le travail de la terre, et l'enfant resterait orphelin dans ce cas.....

Claude s'arrêta court devant le tressaillement qu'éprouva Catherine. La pauvre femme avait relevé vivement son enfant couché alors à ses pieds, pour le presser contre son cœur avec une sorte de fiévreuse inquiétude.

Claude n'y avait certainement pas mis de malice, en jetant cette goutte de poison dans la coupe maternelle de Catherine. Il avait dit naïvement sa pensée, sans calcul, sans mauvaise intention. Cette vérité, qu'un homme du monde eût su ménager à la pauvre mère, avait jailli tout brutalement des lèvres du jeune paysan et s'était enfoncée jusqu'au plus profond du cœur de Catherine.

Si l'esprit d'à-propos et les artifices de langage ne se rencontrent pas dans toutes les classes de la société, Claude venait d'en donner la preuve, dans toutes, le cœur des mères est le même, ouvert à toutes les émotions, confiant en ce qu'il espère, mais aussi subitement accessible aux terreurs qu'aux illusions, et voyant dans le trouble de ses alarmes, comme à travers l'éclat de ses chimères, au delà du vrai. La crudité des paroles de Claude, l'espèce de pronostic qu'il venait de prononcer, avaient frappé Catherine.

Le regard de la pauvre femme analysa avec une rapidité inouïe tous les traits de son enfant, et pénétra pour ainsi dire jusque dans ses entrailles. Pour la première fois elle s'apercevait de la pâleur de son visage, de la ténuité de ses membres, de l'apparence souffreteuse de ce corps grêle, et même

d'une difformité de naissance sur laquelle sa tendresse l'avait, jusqu'à ce moment, aveuglée. Elle
eut comme le vertige ; elle vit plus que la maladie
annoncée par Claude, elle vit la mort s'abattre sur
ce petit être. Cet enfant, qui n'avait encore appelé
que des sourires aux lèvres de sa mère, lui arracha
ses premières larmes.

Catherine embrassa alors son fils avec une effusion qui tenait plus que de l'élan maternel, c'était
comme de la fièvre et je ne sais quel emportement
nerveux, un mélange de sanglots et de baisers. Ses
lèvres restèrent un moment collées aux joues de
l'enfant ; on eût dit qu'elle cherchait à faire passer
dans ce corps débile toute sa vie à elle.

Claude suivait d'un air stupide cette scène qu'il
avait provoquée, sans s'expliquer bien nettement
comment ses paroles pouvaient avoir fait une si
douloureuse blessure à Catherine. Il était incapable
de comprendre qu'il venait de détruire un bienfait
du ciel, en déchirant le voile que Dieu avait placé
sur les yeux de cette mère. Claude croyait sincèrement n'avoir rien dit ni rien révélé que Catherine ne
sût déjà.

Si un homme du monde eût été capable de ne
point taire sa pensée dans le cas où se trouvait
Claude, une femme d'éducation atteinte au cœur,
comme venait de l'être Catherine, n'eût jamais pardonné à ce bourreau de ses illusions. Mais les juge-

ments, les impressions, les idées, comme les prin-
cipes, se modifient selon les sphères sociales. Catherine, étrangère elle-même au sentiment de délicatesse qui commandait à Claude le silence ou tout au
moins un artifice de langage, ne se rendit pas non
plus bien compte de l'énormité du crime moral que
Claude venait de commettre.

Après qu'elle eut bien sangloté et épuisé les baisers de ses lèvres sur les joues de son enfant, Catherine leva la tête vers Claude et lui dit :

— Croyez-vous donc que mon garçon soit bien
malade ?

Claude n'avait pas le tact nécessaire pour saisir
promptement la branche de salut qui lui était of-
ferte ; il répondit comme il pensait :

— Ce n'est pas que je le voie encore à la veille de
mourir, madame Catherine ; aussi faut-il prendre
courage et ne pas vous alarmer par avance. Mais il
est certain que votre petit n'est pas un fort gaillard ;
il aura de la peine à bien venir, et pas de doute que
vous le tiendrez malade sur vos genoux plus d'une
fois, à ne plus pouvoir tout à coup travailler à votre
aise et à vos besoins.

Claude se flattait naïvement d'avoir réparé le mal
de tout à l'heure. Ses consolations ressemblaient un
peu aux caresses des gens de la campagne: des
coups de poing et des tapes drues, là où les gens du
bel air s'effleurent délicatement le bout des doigts

en se prodiguant un miel de langage dont le cœur n'est pas toujours la ruche.

Néanmoins la réponse de Claude, — un vrai coup de massue à tuer une mère, — glissa sur Catherine, et même la soulagea quelque peu. Elle y avait puisé presque de l'espérance. La pauvre femme ne répondit plus mot ; elle souleva son enfant entre ses bras (pour tout au monde, à ce moment-là, elle n'eût pas voulu le laisser livré à ses propres forces), et prit la route qui menait à sa maison. En s'éloignant, elle dit simplement à Claude :

— Au revoir.

La scène que je viens de raconter se passait au détour d'un chemin où s'étaient rencontrés Catherine, revenant de son rude travail de la moisson, et Claude, ramenant de l'abreuvoir une paire de chevaux.

Après l'adieu de Catherine, Claude s'était mis en marche. Il arrêta bientôt ses chevaux, retourna la tête, et, la main appuyée sur la croupe de sa monture, il regarda la pauvre femme s'éloigner lentement, chargée de son précieux fardeau, trop lourd à coup sûr pour ses bras qui l'étreignaient avec passion.

Je ne saurais trop dire quelles pensées agitaient Claude ; je crois, pour parler au vrai, qu'il regardait sans penser. Un pli du chemin déroba tout-àcoup Catherine aux yeux de Claude. Celui-ci se frappa sur la poitrine un vigoureux coup de poing, qui lui tint lieu de toute réflexion parlée, et pressa les flancs de ses chevaux, qui allaient partir au trot, lorsqu'une voix lui cria :

— Eh ! Claude, arrête un peu.

II

Catherine était vraiment une jolie créature. Il fallait que sa beauté fût bien robuste pour s'être continuée dans son éclat, jusqu'à l'âge de vingt-trois ans où elle était parvenue, car elle avait toujours été malheureuse dans toutes les circonstances de sa vie.

Orpheline de naissance, elle avait été recueillie par une tante, qui lui avait fait payer bien cher ce pain de la pitié que le paysan donne rarement de bon cœur. — Le paysan voudrait vendre même ses bienfaits, par habitude de vendre ; mais, ne le pouvant pas il se venge surtout de sa générosité contrainte. — Catherine, un jour qu'elle avait été rouée de coups, se sauva de chez sa tante (elle avait alors quinze ans), et, après une semaine de vagabondage, trouva asile chez un pauvre faucheur, plus âgé qu'elle de trente ans au moins, qui l'épousa trois ans plus tard.

Branchu aimait Catherine cependant; il le lui prouva, d'une manière négative, il est vrai, mais il le lui prouva en ne lui reprochant jamais d'avoir augmenté sa misère. C'était beaucoup. Tout bonheur est relatif. Catherine avait, par comparaison, touché à l'idéal. Elle fut reconnaissante à Branchu, et sa gratitude avait survécu à son mari.

Catherine était enceinte pour la troisième fois, quand Branchu se fit à la jambe, d'un coup de faux, une profonde blessure qui le cloua pour longtemps sur son grabat. La maladie pour l'ouvrier, on le sait, c'est la misère. De ce moment-là, Catherine avait dû travailler pour deux, avoir du courage, de la force, de la santé pour deux. Elle se trouvait à une grande demi-lieue de chez elle, le soir où les premières douleurs de l'enfantement l'avaient prise, et elle était accouchée, presque sur le seuil de sa porte, de l'enfant malingre dont Claude avait si fatalement tiré l'horoscope. Peu de temps après, Branchu était mort, laissant une maison dévastée par la misère.

La pauvre Catherine n'avait eu véritablement qu'une joie et qu'une consolation en sa vie : son enfant, (le seul des trois qu'elle avait mis au monde qui eût vécu), et Claude venait de souffler sur cette illusion.

Si Catherine eût été plus heureuse depuis sa naissance, peut-être eût-elle présenté les caractères d'une beauté moins réelle. Ses souffrances physiques et morales, en arrêtant chez elle le développement de forces communes aux femmes de la campagne, avaient réduit son corps à des proportions frêles et mignonnes. Dans ce bloc destiné primitivement, sans doute, à un assemblage vulgaire de formes musculeuses, le malheur avait sculpté une statue délicate et fine. Sous ses vêtements grossiers et pauvres, sous ses coiffures délabrées, malgré son teint basané, malgré ses mains durcies au travail et ses bras brûlés par le soleil, Catherine frappait vivement par un ensemble de lignes pures, douces et sympathiques.

Depuis cinq ans qu'elle était veuve, elle avait éveillé bien des amours sincères et pour le *bon motif;* mais elle avait résolûment écarté les prétendants, non pas qu'elle en méprisât aucun, ses refus étant justifiés par la profession de foi qu'elle avait faite à Claude. Tous ces épouseurs de campagne peu obstinés avaient renoncé à lui parler de mariage, jusqu'au jour où Claude aborda la question dans les termes que j'ai rapportés.

Ce Claude était ce qu'on appelle un beau gars de village. Il avait bien ce qu'il fallait, au reste, pour prétendre à une femme telle que Catherine, qui, dans sa simplicité, n'avait jamais eu la pensée de s'en faire accroire sur ses avantages.

Je ne veux point poétiser le héros de cette his-

toire. Claude était valet de ferme, et, comme on
doit penser, nullement muscadin avec sa blouse
terreuse, ses culottes de velours olive rapiécées et
ses sabots d'écurie. Mais il avait vingt-sept ou
vingt-huit ans, et portait merveilleusement bien
sa jeunesse et sa carrure virile ; de plus, il était bon
travailleur, économe de ses deniers, sobre, dési-
reux de se bien établir ; il avait enfin l'intelligence
de deux bras robustes et infatigables.

C'était assez de qualités pour ne point inspi-
rer à Catherine, à l'endroit de Claude, d'autre op-
position que celle qu'elle puisait dans sa résolution
de demeurer fidèle au serment juré devant le lit
de mort de son mari.

A la campagne, un serment est chose sacrée.

III

Claude avait reconnu la voix qui l'avait hélé au
moment où il s'était séparé de Catherine. C'était
celle du fils du château voisin, un joli garçon, par
parenthèse. Claude salua en remontant légèrement
le devant de son bonnet de coton jusqu'à la hauteur de son front, puis il le ramena au ras de ses
yeux.

— J'ai entendu toute ta conversation avec Catherine, lui dit le nouveau venu.

— Ah! et que vous en semble, puisque vous avez entendu?

— Tu as été brutal et stupide, car tu as fait beaucoup de peine à cette malheureuse femme.

Claude était à cent lieues de saisir le reproche que lui adressait son interlocuteur; il le regarda avec des yeux remplis d'étonnement.

— Mais il ne s'agit pas de ce que tu as dit ou n'as pas dit, reprit l'autre; réponds à mes questions. Catherine est donc bien pauvre?

— Non pas tant, puisqu'elle peut travailler encore; mais elle se fatigue à la peine plus que ses forces. Que son petit tombe malade, le chagrin la prendra, elle n'aura plus de courage, plus de cœur au travail, plus de force, et personne pour l'aider. Ou bien, si elle est épuisée avant l'enfant, ce qui peut bien arriver, ce sera deux fièvres et deux misères dans la maison.

— Cet enfant est donc bien souffrant et réellement menacé?

— C'est la maladie sur deux jambes. Ça peut tomber d'un jour à l'autre.

— Crois-tu que Catherine accepterait qu'on vînt à son secours?

— Elle est d'un caractère bien trop fier pour y consentir; elle n'est pas accoutumée à mendier, et, fût-elle la *seigneure* du château de votre papa, que je crois qu'elle travaillerait tout de même.

Le jeune châtelain se prit à réfléchir. Claude attendit quelques instants avant de lui adresser la parole.

— Monsieur n'a-t-il plus rien sur quoi me questionner?

— Tu peux t'en aller.

Ce fut toute la réponse du jeune homme, et un peu brusquement dite.

Le paysan partit au trot.

— Qui sait cependant, se disait-il de temps en temps en donnant du sabot dans les flancs de son cheval; qui sait? ça vient si vite, la maladie!

Claude, on le voit, ne démordait pas de son argument. Le deuil qui pouvait assombrir son bonheur ne l'effrayait pas; il s'y résignait à l'avance avec une certaine joie, en attendant que le bon Dieu vint au secours de la pauvre femme.

L'été se passa, l'automne aussi, et l'hiver arriva sans que le repos de celle-ci eût été troublé par aucun événement. Rien dans ses habitudes de travail ni dans sa patiente misère n'indiquèrent que sa porte se fût ouverte aux tentations, non plus qu'aux terreurs.

Catherine, en tout cas, je dois le consigner ici, avait repoussé avec dignité les services, cependant fort désintéressés, du jeune châtelain.

— Je sais bien, lui avait-elle répondu, que tout le monde me blâme de ne point chercher un appui pour moi et pour mon enfant ; mais, si je le demandais à quelqu'un, cet appui, ce ne serait pas à vous, monsieur. Vous me feriez l'aumône peut-être ; mais tant que j'aurai mes deux bras bien attachés à mes épaules ; tant que j'aurai un souffle de vie, je ne l'accepterai de personne ; si ce n'est l'aumône, ce serait un prêt que vous m'offririez ; eh bien, je ne pourrais jamais vous le rendre.

Le châtelain se le tint pour dit.

A l'arrivée de l'hiver, tout le château déménagea pour Paris.

En même temps, Claude, qui avait évité de rencontrer Catherine depuis la conversation du chemin, quitta la ferme où il servait pour aller, à trois lieues de là, s'associer dans l'exploitation d'un moulin. Claude fit ses adieux à la veuve, comme s'il ne devait plus jamais la revoir, et partit bien décidé à l'oublier, mais se sentant cependant bien moins fort de cœur qu'il ne l'était d'intention.

IV

Aux premiers froids qui vinrent, l'enfant de Catherine fut atteint de la coqueluche, puis les fièvres intermittentes s'attachèrent à ce frêle petit corps, et, comme on dit vulgairement, le rongèrent jusqu'aux os. Le fatal pronostic de Claude se réalisait.

Catherine avait pu l'oublier dans la sécurité complète où elle avait vécu jusqu'alors ; sans doute même elle avait dû traiter le jeune paysan de fou, en ces moments d'illusion où les sourires de son fils répondaient à ses caresses. Mais quand elle vit l'enfant malade, une terreur profonde se saisit d'elle ; il lui sembla que Claude avait été un prophète, un juge peut-être, en prononçant un terrible arrêt de mort contre ce pauvre petit être. Une sorte de superstition se mêla aux angoisses maternelles de Catherine, et elle se demanda si Claude n'avait point jeté un sort sur elle pour se venger de son refus. Je ne sais même s'il n'entrait pas dans tout cela un peu de repentir, et le regret qu'il fût trop tard, peut-être, pour revenir sur sa décision primitive. En tout cas elle songea souvent à ce Claude qui prenait ainsi la plus large place dans sa vie, et cela, au moment où elle n'était plus, comme jadis, exposée à le rencontrer, chaque jour, dans les sentiers du village.

Ces pensées troublèrent profondément Catherine. Pendant les premiers temps de la maladie de l'enfant, elle se sentait encore assez d'énergie et de forces pour continuer à travailler ; mais plus le mal s'aggravait et plus la prophétie de Claude s'accomplissait de tous points, c'est-à-dire que le chagrin, les veilles, les craintes arrêtèrent le travail, et la misère s'empara chaque jour un peu plus de ce foyer déjà pauvre et désolé.

Un matin, Catherine, désespérée jusqu'à l'exaltation, épuisée par les larmes, par les prières et par les souffrances, convaincue enfin que Claude avait raison, eût voulu pouvoir écrire à Claude pour lui demander compte de l'arrêt dont il les avait frappés, elle et son enfant, ou plutôt pour implorer sa grâce. Mais Catherine ne savait point écrire, et Claude ne savait point lire. Elle songea un moment à se mettre en route pour l'aller trouver; mais elle s'arrêta devant cette horrible pensée qu'au retour elle ne retrouverait peut-être plus son enfant vivant, et, d'ailleurs, où aurait-elle puisé la force pour marcher trois grandes lieues de pays, alors qu'elle n'en avait plus assez pour travailler ?

Pas un voisin de Catherine ne l'avait assistée dans sa douleur.

Le paysan est peu accessible à la pitié ; le malheur d'autrui le touche médiocrement. Il n'a de sensibilité que pour ses propres douleurs, et encore cette sensibilité est-elle passagère ; — affaire de tempérament, philosophie instinctive, ou bien rudesse de cœur, peu importe ; toujours est-il qu'aux champs on est économe de larmes pour soi et avare de sympathie démonstrative pour les autres. L'épiderme du cœur y est épais et rugueux comme celui des mains. Le paysan n'a pas plus la délicatesse des grandes douleurs, qu'il n'a celle des grands plaisirs.

Et puis, bien des vengeances étaient accumulées contre Catherine. Les prétendants et les amoureux éconduits se réjouissaient tout brutalement, et dans un autre sens que l'eût fait Claude, des coups qui frappaient la pauvre femme.

— Elle n'a que ce qu'elle mérite, disaient-ils avec une barbare indifférence.

Les mères elles-mêmes se montraient froides, presque hostiles aux tortures maternelles de Catherine, plus par égoïsme que par dureté. La fierté résignée de celle-ci leur servait d'excuse.

— Si elle ne demande rien, disaient-elles, c'est qu'elle n'a besoin de rien. Peut-être bien, ajoutaient même certaines commères, que le fils du château lui a laissé de quoi traverser en sécurité l'hiver et les mauvais cas.

Une après-midi, Catherine, affamée par un jeûne de cinq jours, affaissée sur la terre gelée de sa cabane, les cheveux épars, le corps brûlé par la fièvre, sanglotait à grosses larmes sur le corps décharné de son fils, et pas une obole dans cette cabane pour acheter un remède ! En ce moment suprême, où l'agonie planait déjà sur la couche du pauvre enfant, Catherine eût donné plus que sa vie, elle eût accompli le plus grand sacrifice pour étancher seulement la soif qui séchait le gosier du

6

petit moribond. Elle priait tantôt, tantôt elle appelait au secours, et même elle prononça tour à tour le nom de Claude et du jeune maître du château.

A un bruit de pas précipités qui se fit entendre tout à coup à la porte, Catherine se dressa vivement et bondit vers la personne qui entra.

— A boire ! cria-t-elle, à boire pour mon fils !... Une goutte d'eau !... Sauvez-le !...

Qui était ce sauveur, peu lui importait ! Elle n'eut pas le temps de voir si c'était Claude ou son tentateur de l'été passé. Ses yeux se fermèrent, elle tomba évanouie entre les bras de ce visiteur inattendu, envoyé du ciel.

Un quart d'heure après, Catherine, en s'éveillant de son évanouissement, se trouva couchée sur son pauvre lit. La cabane, déserte l'instant d'auparavant, était pleine de monde ; un grand feu brillait dans l'âtre, étonné de cette bonne fortune ; deux hommes étaient au chevet de la pauvre femme, l'un à droite, l'autre à gauche ; ce dernier, les doigts collés au pouls de Catherine, tenait d'une main un breuvage qu'il lui présenta au moment où elle rouvrit les yeux.

— Mon fils ?... commença-t-elle.

On lui montra l'enfant, assoupi dans un lit voisin. Rien ne manquait plus dans la cabane, désolée tout à l'heure, rien, ni remèdes, ni provisions, ni médecin.

— Je suis arrivé à temps, Catherine ! murmura à l'oreille de la malheureuse son gardien de droite.

Catherine tourna la tête de ce côté. Ayant reconnu le jeune maître du château, elle cacha son visage dans ses deux mains et fondit en larmes.

— Merci pour mon enfant, dit-elle d'une voix affaiblie ; mais moi, laissez-moi mourir... J'avais espéré que c'était Claude ! ajouta-t-elle mentalement.

Quelques jours après, Catherine avait retrouvé une partie de ses forces avec la santé qui revenait à son enfant. Assise à la porte, devant un rayon de soleil de février, elle songeait déjà à l'avenir.

— Pourrai-je bientôt reprendre mon travail ? demanda-t-elle au médecin, qui allait sortir.

— Pourquoi vous inquiéter de cela ? répondit le jeune maître du château.

— Mais ne faut-il pas que je m'occupe de vous rendre tout ce que vous m'avez prêté, répliqua Catherine avec ce ton de fermeté qu'elle savait prendre.

— Vous ne me devez rien...

— Rappelez-vous ce que je vous ai dit l'été passé, monsieur. Nous voilà guéris, maintenant ; ce sera pour longtemps, j'espère, avec la volonté de Dieu ! Toute maladie est un bail de santé.

Le jeune châtelain ne répondit mot. Il se sentait dominé par la dignité et la résignation de cette pauvre femme, à qui ses souffrances et son malheur venaient de faire un piédestal.

— Je vous serai bien reconnaissante tout de même, reprit-elle en serrant les mains du jeune homme.

Ce rayon de soleil passager allait s'éteindre. Catherine, qui sentait venir le froid, s'apprêtait à rentrer, lorsque, aussi loin que sa vue put s'étendre, elle aperçut, montant le chemin qui conduisait à sa demeure, un homme en blouse neuve, et dont le pas se ralentissait à mesure qu'il se rapprochait de la maison. Catherine se leva ; il lui semblait avoir reconnu Claude. Pour mieux voir, elle monta sur sa chaise ; ses yeux ne l'avaient pas trompée, c'était lui ! Elle voulut s'élancer au-devant de Claude, qui, ayant deviné que ce mouvement était un appel, bondit plutôt qu'il ne courut vers Catherine.

— Qu'y a-t-il, Catherine ? demanda-t-il vivement et en enveloppant la jeune femme dans ses bras. Avez-vous besoin de moi ?

— Oui, Claude, j'ai besoin de vous. Vous aviez prédit vrai : mon fils a vu la mort sur son oreiller, et mes forces m'ont trahie. Claude, j'ai demandé au bon Dieu de sauver mon enfant au prix d'un sacrifice. Il m'a envoyé, d'abord, ce jeune monsieur qui nous a rendus l'un et l'autre à la santé. J'ai cru que c'était ma vie que le bon Dieu voulait, j'étais prête à la lui donner; vous venez aujourd'hui, sa miséricorde ne me commande qu'un sacrifice, le parjure à mon serment...

— Vous consentez donc à vous remarier, madame Catherine?

— Oui, Claude; si M. le curé croit que je puis le faire sans damnation.

— Et à me prendre pour mari?

— Oui, Claude.

— Aussi bien, c'est tant mieux mille fois, madame Catherine. Je vais acheter tout le moulin à moi seul; les affaires n'y vont pas mal, et je venais dans le pays emprunter de l'argent pour ça...

— Quelle somme vous faut-il, Claude? demanda le jeune châtelain.

— Deux mille écus, monsieur.

— Je les donne en dot à madame Catherine, et soyez heureux'!

— Oh! oui, nous le serons! Mais cependant je mets une condition à notre mariage, Catherine.

— Laquelle?

— C'est que vous resterez un an au moins sans travailler, et rien qu'à soigner le petit, car, enfin, il est maladif, et...

Catherine, toute pâle, mit la main sur la bouche de Claude et lui imposa silence. Elle était payée pour craindre les prophéties de Claude.

Comme on le pense bien, le curé ne s'opposa

6.

nullement au second mariage de la pauvre femme.
Il trouva même de bonnes paroles pour la relever
de son serment.

Catherine fut-elle heureuse? Eh! mon Dieu, oui!
Elle donna raison à Claude, au milieu des satisfac-
tions de sa vie, comme elle lui avait donné raison
au milieu des angoisses par où elle avait passé le
jour de la terrible agonie de son fils.

Trois enfants bien venus qu'elle eut de son second mari la consolèrent de la mort du *petit*, que
Claude avait, par deux fois, si fatalement prédite.

L'aisance et le repos dont elle jouit lui firent oublier les privations, les fatigues et les misères de
son passé.

Ce fut une bénédiction du ciel!

L'ÉPOPÉE DE BETZY ET D'UN VILLAGE

I

« Cette enfant-là a une tête à la diable, » disait-on en parlant de Betzy dans son village. Et, sur ce point, il y avait unanimité, moins une voix qui n'était pas celle de la petite fille.

A l'âge même des *tartines de raisiné,* Betzy montrait une énergie de fer en toutes choses, ne reculant devant aucun obstacle pour accomplir ses volontés, pas même devant le martinet maternel, dont elle subissait, à de fréquentes occasions, le supplice avec un stoïcisme de Spartiate.

« Je m'étais aperçue, disait-elle naïvement plus tard, que les coups de martinet ne faisaient point disparaître du prunier les prunes qu'on me défendait de cueillir, ni envoler des haies les oiseaux dont j'ambitionnais les nids. J'en concluais que prunes enviées et nids désirés valaient bien le désagrément d'un petit châtiment. » Aussi Betzy ne perdait-elle pas de vue, pendant la durée des corrections, les objets qui les lui attiraient.

Le châtiment passé, et la part faite à quelques larmes, elle s'en venait sans rancune embrasser sa mère et courait, ensuite, à la conquête de son désir, y mettant d'autant plus de prix que la punition préventive avait été plus rude.

Betzy avait donc un caractère mâtiné de douceur et d'énergie.

Les jupons ramassés entre les jambes, quand elle y prenait garde, ou lancés par dessus la tête, pour peu que le temps lui manquât, cheveux déroulés au vent, pieds nus, mains écorchées et bras meurtris, elle courait à travers prés et jardins, où son désir l'appelait, franchissant les enclos, grimpant aux arbres, barbotant dans les mares et les ruisseaux, arrivant toujours, bon gré mal gré, au terme qu'elle avait marqué, sans s'inquiéter si le succès lui-même ne lui vaudrait pas une seconde correction plus dure que la première.

C'était son moindre souci, et c'était là ce qui avait fait porter sur son compte le jugement que nous avons consigné plus haut.

Une seule personne était indulgente à Betzy : c'était un jeune gars de son espèce, nommé John Trustee, le fils d'une voisine.

John avait une demi-douzaine d'années de plus

que Betzy, et quand il entendait tirer sur elle de funestes horoscopes, il répondait en haussant les épaules :

« Cette fille vaut mieux que vous ne dites. C'est bon, des tempéraments comme le sien ; c'est fort, ça résiste ; rien ne fait fléchir ça. Et quand on y joint, comme elle, bon cœur et bons sentiments, il y a tout à espérer et rien à craindre. »

John Trustee, avait déjà seize ou dix-sept ans quand il parlait de la sorte.

Il faut dire aussi qu'il avait toutes raisons pour aimer les caractères de la trempe de celui de sa commère Betzy. Il avait été l'enfant le plus in- docile du pays, et, à l'heure présente, il était de- venu, comme on disait, un cheval au travail : fai- sant vivre son père paralytique et ne souffrant pas que sa mère s'occupât d'aucun gros ouvrage.

II

John et Betzy vivaient dans un village sur les bords de l'Ohio ; village à peine ébauché, à l'état de bourg, avec quelques maisons ou plutôt quel- ques cabanes clair-semées, à deux cents yards du fleuve dont les ondes puissantes pouvaient les transporter à peu près sur tous les points de la grande république où ils auraient voulu se rendre,

et à cinq cents yards d'une grasse forêt. Dans
cette forêt une trentaine d'émigrants avaient abattu
un grand cercle d'arbres, défoncé, défriché, ense-
mencé un vaste périmètre de champs ; tracé des
rues qu'eussent enviées une ville européenne de
deux cents mille âmes ; bâti les quelques cabanes
que nous avons dites ; établi des routes ; marqué
la place où s'élèverait un jour le *City - House*
(hôtel de ville), jeté les fondements d'une église,
ceux d'une école publique, et planté le cimetière
juste au milieu de la future cité ; car on avait bien
compté que ce camp de travailleurs deviendrait
une cité. Sous ce rapport les Américains se trom-
pent rarement ; c'est pour cela qu'ils décorent à
l'avance du nom pompeux de cité, à la grande surprise et pour le gaudissement irréfléchi de certains voyageurs, le moindre village dont-ils viennent de jeter la graine en terre.

Comme la plupart des villes futures, le village
où John et Betzy abritaient leur enfance, avait été
ébauché par une compagnie de spéculateurs ; c'est
pourquoi nous avons consigné cette particularité
du cimetière placé au centre de la future cité. C'est
un trait d'habileté que nous ne devons pas manquer de constater. Il arrive, en effet, qu'au fur et
à mesure que la cité croît, le cimetière se peuple.
Vient un jour où les habitants s'aperçoivent qu'il
est fort incommode et parfois fort insalubre de

vivre autour des morts. Il devient alors urgent de
déplacer la nécropole, d'exproprier les propriétaires qui ont cédé à bon compte les terrains sur lesquels se sont élevées les maisons ; mais ils se montrent moins arrangeants pour les terrains où
reposent les morts. Souvent c'est là tout le bénéfice de leur entreprise, et souvent aussi ce bénéfice est considérable.

III

La famille de John et celle de Betzy, avaient été
du nombre des premières qui vinrent s'établir à
Marytown. Elles étaient parties du Connecticut en
véritables pionniers, la hache sur le dos, la Bible
dans une main, poussant devant elles une paire de
bœufs ; en quête, on eût dit, d'un toit où abriter la
tête de leurs enfants. C'est un trait caractéristique
de la vie des Américains et un des secrets de leur
grandeur, que cette facile et constante émigration
à l'intérieur. Le Désert ne les épouvante pas; l'é-
migration n'est point l'exil pour eux. Ayant la
conscience de leurs forces productives, ils savent
bien que ce long voyage qu'ils entreprennent, a un
but fécondant. La patrie est pour eux là où est le
travail.

Ils se séparent héroïquement de leur famille ;

rompent résolument avec la gêne, quelquefois
même avec un bien-être médiocre ou peu stable, —
pour courir les aventures, plus ou moins certaines,
d'une émigration, tantôt vers les contrées nouvelles, tantôt vers les villes où le miroir de la fortune
attire l'alouette.

Ce qui effraye l'Américain, c'est la misère, et
non la lutte ; il aime même cette dernière, et la
première l'épouvante. Pour l'éviter il se transporte
aisément de la Californie en Louisiane ; du Massa-
chussets dans le Texas ; du New Jersey dans l'Iowa,
et *vice versa*, insensible aux variations des lati-
tudes, infatigable aux longues courses, bravant
tous les dangers.

C'est ainsi que les chemins des grands et fé-
conds déserts de l'Ouest ont été ouverts à des po-
pulations entières, par de hardis pionniers qui
n'ont pas tous recueilli à parts égales, le bénéfice
de leur dévouement et de leurs sacrifices.

Il en fut de même au village naissant de Marytown.

Tous les pionniers qui avaient dévasté la forêt
sur les rives généreuses de l'Ohio, ne réussirent
pas à un égal degré dans leurs entreprises agri-
coles.

La famille de John Trustee avait vu la terre lui
rendre avec usure les soins qu'elle lui donna ;
pour la famille de Betzy, cette terre féconde fut

un roc stérile ; il n'y poussa que des déceptions. Les deux familles étaient unies ; leurs fermes étaient voisines, et il semble que la Providence leur eût fait ce sort différent pour ménager à chacune d'elles les événements que nous allons raconter.

IV

Au moment où j'ai mis John et Betzy en scène, ils étaient enfants, et le village de Marytown n'avait guère plus de trois ans. Pour une grande ville future, c'était « têter encore sa mère, » pour ainsi dire.

Marytown, Betzy et John avaient donc fait ensemble leur première croissance ; les maisons de l'une avaient poussé en même temps que les dents de l'autre, pendant que les épaules de celui-ci se fortifiaient et se développaient sous l'action bienfaisante du travail.

Vers l'âge de quatorze ans, Betzy était devenue orpheline, ayant à sa charge, si l'on peut dire cela d'une si petite fille, un frère beaucoup plus jeune qu'elle, maladif, faible, pâle, autant qu'elle avait toujours été, elle, bien portante, et vigoureusement constituée.

Les femmes américaines ont le caractère parti-

7

culièrement viril ; c'est le résultat de leur éducation. Elles ont vite pris un parti, quel qu'il soit
par exemple. Les mœurs américaines favorisent
singulièrement ces résolutions soudaines et énergiques ; l'égalité sociale, le respect protecteur dont
on entoure les femmes, la crainte qu'elles ont de la
misère, et un instinct pour ainsi dire national du
travail et de l'âpreté au gain, voilà en quoi certaines rudesses extérieures de la société américaine tournent finalement au profit de cette société.

Betzy, se voyant réduite à la position extrême où
elle était, réfléchit sérieusement toute une journée
et toute une nuit, puis, prenant son petit frère par
la main, elle s'en fut trouver son ami John Trustee
et lui dit :

« John, vous êtes un brave et bon garçon ; vous
avez toujours bien pensé de moi, et, à cause de
cela, je viens vous demander deux services que
vous ne me refuserez pas.

« Non, certainement. Voyons, parlez ; que puis-
je, que dois-je faire pour vous ?

« Et, d'abord, je vais vous laisser la garde de
mon petit frère.

« C'est bien ; après ?

« Après quoi, je vais vous prier de m'acheter,
pour quarante dollars, la défroque de ma pauvre
défunte mère.

« Cinquante, soixante, cent dollars mêmes, si vous le désirez, Betzy.

« Non, j'ai dit quarante ; mettons cinquante, si vous voulez être bon pour faire un marché de dupe.

« C'est entendu. Mais que comptez-vous faire, Betzy ? Sans être très-curieux, j'ai peut-être le droit de vous questionner, et vous reconnaîtrez bien que c'est un pur intérêt d'amitié.

« Je le sais, mon cher John, et à cause de cela je n'hésiterai pas à vous répondre. »

John était visiblement ému. Betzy, sous le masque de calme qu'elle s'était appliqué au visage, cachait bien aussi une très-grande agitation ; mais s'il n'eût pas été déjà de sa nature d'affecter le plus énergique sang-froid dans les grandes décisions de sa vie, elle s'en fût fait un devoir à ce moment. Elle n'avait ni pâli de la pâleur de John, ni pleuré à la vue des larmes qui coulèrent le long des joues du jeune homme. Son visage demeura impassible comme un marbre.

« Je vais partir, dit-elle, quitter ce pays. Avec ces cinquante dollars, je veux faire ou acquérir les moyens de faire fortune.

« Betzy ! murmura John, en pressant avec effusion les deux mains de la jeune fille.

« Ensuite, reprit celle-ci toujours avec le même calme, je reviendrai vous demander mon frère et vous rembourserai les frais d'entretien qu'il vous aura occasionnés ; si non...

Betzy s'arrêta. Pour la première fois, elle avait senti l'émotion amollir son cœur. Elle passa rapidement la main sur ses yeux, et comprima le sanglot qui l'étouffait. John connaissait trop ce caractère, dont il avait lui-même approuvé et encouragé la précoce énergie, pour tenter de combattre la résolution de Betzy ; il se serait contredit.

Et puis Betzy avait parlé de fortune à faire ; ce mot contenait pour John tout un enseignement : un Américain n'essayera jamais de détourner quelqu'un de la voie qui mène à ce but ; il croirait assumer une responsabilité dont plus tard on lui demanderait compte, sans aucun doute.

John aurait pu arrêter Betzy d'un seul mot. Ce mot, son cœur le poussait à le dire, sa raison s'y opposa ; le mot expira donc sur ses lèvres. John se sentait pour Betzy un goût qu'avaient développé des compatibilités toutes particulières d'humeur, les familiarités de l'enfance, une sympathie très-marquée pour son caractère. John aurait pu lui offrir l'hospitalité d'un amour très-vif, ou le secours de ses bras laborieux ; mais, d'abord, il craignit que le sentiment qu'il éprouvait pour Betzy ne fût pas partagé ; puis, elle n'avait que quatorze ans, il fallait attendre la floraison de son âme ; enfin, sa fortune à lui était à peine à son aurore ; elle dépendait de la prospérité plus ou moins rapide de la ville de Marytown. S'il ne réussissait pas, il aurait engagé l'avenir de cette jeune fille, qu'une énergique inspiration poussait à labourer de ses bras et de son intelligence ce champ si vaste où chacun apporte et dépose la semence du succès.

John se contenta d'embrasser Betzy, en lui souhaitant bon courage, bonnes chances dans sa traversée sur l'océan agité du monde, ne murmura pas un mot de conseils, que la jeune fille n'eût pas compris, ou auxquels elle se fût montrée sourde, sur la manière de tourner les récifs et les caps tempestueux de la vie.

« Où vous proposez-vous d'aller, Betzy ? demanda John ?

« Je ne sais encore ; demain peut détruire mes projets d'aujourd'hui ; les événements sont les seuls maîtres de nos volontés.

« *All right!* (Tout est pour le mieux !) répondit John.

V

Betzy enferma dans ses poches les cinquante dollars que lui avait avancés son jeune compagnon, se rendit sur la rive de l'Ohio, et guetta le passage d'un steamboat à la remonte du fleuve.

Son instinct la poussait à retourner au berceau de sa famille, c'est-à-dire à rentrer au sein de la civilisation la plus avancée de ce pays. Elle avait hésité, un moment, à prendre le steamboat à la descente du fleuve, c'est-à-dire à gagner le Sud, à l'extrémité duquel se trouve aussi une grande ville, un grand centre de mouvements ; mais elle avait ouï parler du relâchement des mœurs dans cette riche cité du Sud, et Betzy, fille des puritains de la Nouvelle-Angleterre, s'était effrayée de ce contact dangereux. C'est pourquoi elle tourna vers le Nord.

Quand le ronflement du steamboat se fit entendre, et que ses roues commencèrent d'agiter les eaux du fleuve, Betzy tourna un regard d'adieu vers les maisons disséminées de Marytown, et franchit d'un pas vif le pont volant qui la conduisit du warf sur le pont du bateau.

Betzy était, selon l'expression communément adoptée, « jolie comme un cœur, » richement constituée, avec des épaules bien carrées, de beaux yeux bruns, une chevelure abondante, des dents blanches ; grande, paraissant déjà dix-sept ans, et n'ayant conservé des défauts et des qualités de son enfance que cette volonté inflexible d'aller droit au but par-dessus tous les obstacles, et sans souci ni de la peine, ni des douleurs, ni des larmes qu'il en pouvait coûter.

Le but sérieux qu'elle avait résolu d'atteindre ne lui paraissait pas plus au-dessus de ses forces physiques et morales que ne l'avaient été la maraude de quelques prunes ou l'assaut des nids d'oiseaux. En tout cas, elle n'y mettait ni plus ni moins de calcul, sinon un peu plus d'importance.

Pour Betzy, vouloir quelque chose, avoir toujours quelque chose en vue, était aussi naturel que respirer, boire et manger. L'inaction et l'absence d'un but où pousser sa vie étaient des négations de facultés qu'elle n'admettait pas ; peut-être ne raisonnait-elle pas ce phénomène psycologique, mais elle agissait ainsi d'instinct.

VI

Depuis cinq ans qu'elle était partie de Marytown, on n'avait plus entendu parler de Betzy ; John Trustee pas plus que personne ; ce qui étonnait le jeune garçon devenu un bon et riche fermier, en train d'engranger des meules de dollars dont il avait marqué la destination.

Mais le silence de Betzy l'inquiétait, l'indignait même quelquefois, bien qu'il se répétât souvent que sa confiance en sa petite camarade ne lui permettait pas d'avoir de soupçon sur son compte.

John poussa même si loin ses scrupules en ce

point que, sur de vagues renseignements, s'étant mis en route, une fois, pour New-York où il espérait de pouvoir s'informer du sort de Betzy, il rebroussa chemin, en se disant que c'était mal de paraître montrer des doutes, quand même il ne s'agissait que d'un témoignage d'intérêt ; que si Betzy ne donnait point signe de vie, c'est qu'elle avait ses raisons pour cela.

Et puis, comment la retrouver dans ce grand New-York ? John se résigna, si l'on peut appeler se résigner, attendre chaque matin avec la fièvre et se dire chaque soir :

« Ce sera peut-être pour demain ! »

La preuve que John ne se résignait pas, c'est qu'il refusa deux beaux partis de mariage, et cassa d'un coup de révolver la tête d'un drôle qui s'était permis des propos injurieux sur Betzy, à laquelle on ne songeait guère plus à Marytown, devenue presque une ville déjà, où les maisons s'étaient multipliées, surgissant du sol comme de la mauvaise herbe, sous l'engrais fécondant de l'émigration.

Des primitifs habitants de Marytown, il ne restait presque plus personne ; ou bien ceux qui étaient demeurés se perdaient dans la foule. L'émigration avait apporté de nouveaux visages et de nouveaux bras à Marytown ; l'émigration avait aussi emporté la plupart des fondateurs de ce cam-

pement. C'est ainsi en Amérique. La recherche du
bien-être et de la fortune pousse toujours les po-
pulations en avant ; il y a comme une gradation
dans cette conquête matérielle : on y court toujours après le mieux. Et puis, il existe une race
d'hommes dont la mission semble être de laisser sa
trace sur ce vaste continent en y jetant des jalons
de civilisation, pour aller plus loin mettre la co-
gnée dans les arbres des forêts et enfoncer la charrue dans le sol ; ébauchant toujours, frayant la
route aux autres, dédaignant de fixer leur activité
sur un point quelconque. Oiseaux de passage, co-
lonisateurs de l'intérieur, aventuriers aussi ambi-
tieux de découvrir des terres fécondes que les na-
vigateurs des siècles précédents de découvrir des
îles et des continents ; race précieuse, dont l'in-
constance apparente est une qualité, parce qu'elle
implique l'entêtement dans une mission glorieuse.

Cette race est celle des Yankees, ces descen-
dants des puritains, qui ont eu le Massachusetts
pour berceau, et qui ont, ensuite, couvert de leur
industrieuse énergie toute l'Amérique du Nord,
commençant les villes, fondant les grandes fermes,
ébauchant les manufactures, construisant les chan-
tiers, puis, laissant au flot qui court sur leurs talons le soin de compléter leur œuvre.

John et Betzy appartenaient à cette race qui
avait tracé le sillon de Marytown.

7.

Il ne faut donc pas s'étonner que Betzy eût pris
le parti qu'elle avait pris. Mais on s'étonnerait que
John fût resté, comme un vaisseau à l'ancre, sur
sa ferme de Trusteehouse. Il aurait pu faire comme
les fils de sa race; mais c'était assez pour John de
ne savoir pas où était Betzy; c'était le moins que
celle-ci eût un lieu sur l'étendue de la grande république où elle conservât la certitude de rencontrer John, si elle en avait le désir.

John avait tout simplement monté à Trusteehouse une faction de cinq ans, qui lui avait été
heureuse, comme nous l'avons vu.

VII

Il y avait donc cinq ans que Betzy était partie de
Marytown, cinq ans que l'on n'avait pas entendu
parler d'elle, lorsqu'un matin, elle descendit du
chemin de fer qui s'arrête à Marytown, pour continuer sa route plus avant dans les ci-devant déserts
des rives de l'Ohio ; car Marytown était devenue
depuis six mois, tout en conservant ses steamboats,
le centre de rayonnement d'une demi-douzaine de
chemins de fer qui s'y croisaient. Steamboats et
railways n'étaient pas de trop pour subvenir à
l'activité de Marytown.

Betzy était en équipage modeste pour une si

jolie fille qui s'en revenait on ne savait d'où. Pourtant sa toilette était gracieuse, quoique simple : une robe brune, bien taillée, et que les grâces de Betzy faisaient valoir. Sa beauté un peu reposée flamboyait au-dessus de son élégance et de sa simplicité comme un drapeau déployé au vent.

Betzy aurait pu s'égarer au milieu des rues nouvelles de Marytown où elle ne retrouvait plus rien de ce qu'elle y avait laissé debout en si maigre condition. Sans avoir besoin de questionner les passants affairés, et n'ayant que son cœur pour guide, elle se dirigea tout droit à la ferme de son ami John Trustee. Seulement au lieu d'une cabane en bois, elle vit une maison en briques à trois étages, et un enclos solide de troncs d'arbres qui paraissait s'étendre hors de la portée de son regard. Un nombreux troupeau de bœufs, une fourmilière de moutons, vingt ou trente chevaux paissaient dans les vastes prairies, et de loin on entendait les grognements formidables de sept ou huit cents porcs ; — un air d'opulence soufflait dans cet enclos et la maison elle-même semblait avoir des monceaux d'or pour assises.

Betzy aurait pu hésiter et craindre de s'être trompée ; mais quelque chose lui disait que cette maison, ces troupeaux qui avaient remplacé l'ancienne baraque et l'unique paire de bœufs de jadis, devaient appartenir à John Trustee.

Elle entra là, comme chez elle, ou plutôt comme chez un ami sûr, sans hésitation, et au premier beau garçon qu'elle aperçut sur le seuil de la maison, elle tendit la main en disant :

« Me reconnaissez-vous, John? »

Le gentleman ainsi interpellé, car c'était un vrai gentleman dans toute l'acception du mot, ouvrit ses deux bras et pressa Betzy contre son cœur.

Après baisers donnés et reçus :

« Où est donc mon frère? demanda Betzy.

« Il est parti l'an passé pour le Texas, où il a acheté à bon marché de vastes étendues de terres. Dans cinq ans, votre frère sera un riche fermier, j'en suis sûr.

« Vous en avez fait un homme, John ; je vous remercie. Maintenant réglons nos comptes. Voici les cinquante dollars que vous m'avez avancés ; j'estime à dix dollars par an les soins que vous avez pu donner à mon frère, soit pour quatre ans, puisqu'il vous a quitté l'an passé, quarante dollars que voici également. »

John écoutait sans entendre, et regardait sans voir ni les pièces d'or ni les billets de banque que Betzy avait empilés sur la table. La pensée de John était bien ailleurs ; le retour de Betzy avait troublé tout son esprit.

« Pour ce qui est de moi, reprit la jeune fille, ne vous inquiétez pas, John, j'ai des économies d'abord, puis dans cette poche droite de ma robe une demande en mariage d'un alderman de Boston. »

John s'éveilla comme en sursaut, ouvrit de grands yeux et se sentit froid au cœur. Avant qu'il ait pu ouvrir les lèvres pour articuler un mot, Betzy avait repris la parole.

« J'étais bien ignorante quand je suis partie d'ici, dit-elle, et vous vous souvenez, John, à quoi je m'étais engagée. Les cinquante dollars que vous m'avez prêtés m'ont servi à apprendre tout ce que je ne savais pas. En quittant Marytown, je ne me suis arrêtée qu'à Boston ; de Boston je m'en suis allée tout droit à Lowell, un sanctuaire d'honnêteté, de travail. Avant d'entrer à l'atelier, et d'y gagner mon salaire, j'ai dû étudier, car toutes les femmes y ont une éducation de ladies. En un an, je suis devenue une bonne ouvrière, et six mois après, j'étais institutrice dans l'établissement. J'ai travaillé d'abord, pour amasser les cinquante dollars que voici, puis les quarante que voilà. Toute pauvre que j'étais, je suis restée, ai-je besoin de vous le dire, John, une honnête fille. J'ai préféré souffrir, avoir froid, et faim quelquefois. Je ne vous ai pas donné signe de vie, parce que je suis franche ; je vous aurais tout dit, vous seriez venu me déranger de mon travail, vous auriez eu peur de mes dangers et de ma misère des premiers temps. J'ai mieux aimé souffrir toute seule, avec la conviction où j'étais que vous aviez assez de confiance en moi pour ne pas m'accuser. J'ai triomphé de tout; le cœur léger, la conscience satisfaite, je suis maintenant libre de retourner à mon atelier où m'attend plus d'ouvrage que je n'en pourrais faire, ou d'aller à Boston me marier. »

En disant ces derniers mots, Betzy se leva. John se leva en même temps qu'elle, et alla se camper devant la porte.

« Vous avez une troisième chose à faire, si vous voulez, dit-il à Betzy : c'est de rester ici, dans cette ferme qui sera à vous, de la conduire vaillamment, avec l'entêtement que vous mettez à toutes choses, en vous montrant bonne ménagère et toujours honnête femme, sous le nom de Mme John Trustee. Combien demandez-vous de temps pour réfléchir à ce que je vous propose? »

Betzy se jeta au cou de John :

« Tout ce que j'ai fait, dit-elle, c'était afin de mériter ce que vous venez de m'offrir. J'avais mis ça là et là, dans cette « tête à la diable, » comme tout le monde disait, et dans « ce cœur qui a du bon, » comme vous répondiez, vous, et j'ai voulu vous prouver que vous aviez raison.

Note. — Lowell est une ville manufacturière et industrielle de l'État du Massachusetts. L'organi-

sation des classes ouvrières y est un modèle à offrir
à toutes les nations du monde ; on y trouve la so-
lution radicale de tous les problèmes de la morale
que l'on poursuit dans les grands centres indus-
triels de l'Europe.

« Les fabriques de cotonnades emploient à elles
seules dans Lowell six mille personnes (1). Sur ce
nombre près de cinq mille (2) sont de jeunes femmes de dix-sept à vingt-quatre ans, filles de fermiers (3) des divers Etats de la nouvelle Angleterre, et particulièrement du Massachusetts, du
New-Hampshire et du Vermont ; elles sont là loin
de leurs familles, livrées à elles-mêmes. Le matin
et le soir et aux heures des repas, les voyant traverser les rues, vêtues proprement ; trouvant sus-
pendus aux murailles dans les ateliers, entre les
vases de fleurs et des arbustes qu'elles y entre-
tiennent, leurs fichus et leurs châles et les capu-
chons de soie verte dont elles s'enveloppent la tête
quand elles sortent, afin de se garantir du soleil
et de la poussière qui est abondante dans Lowell,
ce n'est donc pas comme à Manchester ! me suis-je
dit. Quand on m'a communiqué le tableau des sa-

(1) Michel Chevalier, *Lettres sur l'Amérique du Nord.*

(2) M. Michel Chevalier écrivait ceci en juin 1834.

(3) Ces fermiers (farmers) sont non pas locataires, mais
propriétaires du sol qu'ils cultivent.

laires, j'ai compris que décidément ce n'était pas comme à Manchester.

« Voici les moyennes générales des salaires tels qu'ils ont été payés, par la *Merrimack corporation* pendant le mois dernier, par semaine, c'est-à-dire pour six jours de travail : opérations diverses précédant le filage : 15 fr. 73 c. ; — 16 fr. 7 c. ; — 14 fr. 83 c. ; — filage proprement dit : 16 fr. — Tissage de diverses qualités : — 16 fr. 64 c. ; — 16 fr. 75 c. : préparation de la trame et encollage : — 18 fr. 40 c. ; — 21 fr. 12 c. ; — mesurage et pliage 16 fr. 75 c..... Les salaires des ouvrières habiles sont de 25 et même de 30 francs (par semaine)... Aussi un grand nombre des ouvrières de Lowell peuvent économiser jusqu'à un dollar et demi (8 fr.) par semaine. Au bout de quatre ans passés dans les manufactures, leur pécule peut s'élever à 250 et 300 dollars (1333 fr. à 1600). Elles ont alors une dot, quittent la fabrique et se marient.

« En France, l'on concevrait difficilement la position de jeunes filles, jolies pour la plupart, jetées à vingt, trente, quarante lieues de leurs familles, dans une ville où leurs parents n'auraient personne pour les surveiller ou les aider de sages conseils. Il est de fait pourtant que jusqu'à ce jour, à part un petit nombre d'exceptions qui confirment la règle plutôt qu'elles ne la détruisent, cet état de choses n'a pas eu à Lowell d'effets fâcheux.....

« Les compagnies manufacturières veillent avec un soin scrupuleux sur ces jeunes filles. Quand on a voulu bâtir des manufactures, il a fallu bâtir aussi des logements pour les ouvrières. Chaque compagnie a donc élevé dans son enclos des maisons qui sont devenues chacune un *boarding-house* (pension) exclusivement à leur usage. Elles sont là sous l'aile de matrones qui tiennent la pension, au profit desquelles la compagnie retient sur chaque salaire 1 dollar et quart (6 fr. 67 c.) par semaine. Les matrones qui sont généralement des veuves, répondent de leurs pensionnaires, et sont soumises elles-mêmes au contrôle de la compagnie pour l'administration de leur petite communauté...

« Il y a un règlement spécial sur les *boarding-houses*. Il y est rappelé que la Compagnie n'a construit ces maisons et ne les loue à bas prix que par égard pour les ouvrières (1). En conséquence, la compagnie impose des obligations spéciales aux personnes à qui elle les afferme. Elles les rend responsables de la propreté et de l'état confortable des maisons, de la ponctualité et de la qualité des repas, du bon ordre et de la bonne harmonie parmi

(1) La compagnie ne retire que 4 0/0 par an du capital employé à construire ces maisons, tandis que l'intérêt moyen du capital employé dans la manufacture est de 5 à 6 0/0 par semestre.

ces pensionnaires. Elle exige que les matrones ne reçoivent chez elles que des personnes employées dans ses ateliers ; elle leur fait rendre compte de la conduite des jeunes filles, etc., etc. »

De son côté, M. J.-J. Ampère écrivait en septembre 1851 :

« A quelques lieues de Boston est la petite ville de Lowell, célèbre par ses manufactures et surtout par la moralité et la culture intellectuelle de ses ouvrières. Lowell qui date de 1821, compte maintenant plus de trente mille âmes. Les ouvrières employées dans les manufactures sont au nombre de neuf mille et les ouvriers au nombre de quatre mille ; c'est presque la moitié de la population...

« Les ouvrières de Lowell ont, plus encore que je m'y attendais, un air de distinction et de fierté. Plusieurs de celles que j'ai vues debout ou assises auprès de leur métier, me rappelaient la dignité calme des femmes romaines. Je ne reviendrai pas sur tout ce qu'on a si bien dit de l'excellente conduite et de l'excellente tenue de ces ouvrières, des maisons où elles vivent ensemble et où chacune est surveillée par le point d'honneur de toutes. Attaquées avec peu de chevalerie par des journaux, elles se sont défendues elles-mêmes dans leur *Revue*, car les ouvrières de Lowell qui se cotisent pour avoir des livres, pour se faire des cours, écrivent aussi. Elles ont publié plusieurs volumes d'un recueil littéraire intitulé *Offrandes de Lowell* (Lo-well's *Offerings*). Je n'y ai pas trouvé de chefs-d'œuvre, mais j'y ai remarqué des sentiments sim-ples et honnêtes exprimés en fort bon langage (1). »

(1) J.-J. Ampère, *Promenades en Amérique*, t. Ier.

L'ÉCHELLE TROP COURTE

I

Dans le riche et beau comté de Cork, en Irlande, on rencontre, en quittant les bords si pittoresques du Lee pour s'enfoncer dans les terres, un petit village appelé Donnybeg, perdu comme un nid d'oiseau au milieu des touffes de bois l'enveloppant de tous côtés et lui faisant un rempart contre les bruits et les tumultes qui ont si souvent agité toutes les autres parties du pays.

Dans une des maisons de la paroisse de Donnybeg, voici, férule en main, un vieux maître d'école du nom de Henry Paddly.

Son portrait :

Henry est grand, maigre, un peu voûté des épaules ; front carré, crâne complétement chauve jusqu'à l'occiput. Des deux longues mèches de cheveux d'un blanc jaunâtre, réservées pour gar-

nir ses tempes, celle de droite flotte obstinément
à l'arrière de sa tête, comme l'aile d'un oiseau que
le plomb mortel aurait frappé. Ses yeux caves et
pensifs sont surmontés d'épais sourcils roux mé-
langés de quelques poils gris. Tous les traits de
son visage allongé et décharné portent les rava-
ges de la souffrance et les traces d'un travail lent
et patient. Le désordre et le peu de propreté de
sa toilette trahiraient, dans tous les pays du
monde, un avare ou un savant.

Or Paddly était devenu tout à coup un peu
avare, et il avait toujours été un homme d'étude.
Voilà qui explique suffisamment la négligence de
son costume.

C'était un esprit solide et un homme d'une
grande science. Aussi son école était-elle la plus
suivie à cinquante milles à la ronde. Cette réputation, chose assez peu commune, était bien méritée à
tous égards. Les bons fermiers de Donnybeg et des
environs tenaient maître Paddly pour un oracle. Il
leur disait, en toutes sortes de langues, qu'ils
n'entendaient pas, tant de choses profondes ! C'é-
tait une raison pour qu'on l'entourât d'une grande
considération.

Henry Paddly était né de parents pauvres ; il
avait appartenu, dans son enfance, à cette classe
d'écoliers connus en Irlande sous le nom d'écoliers
errants, sorte de petits vagabonds qui s'en vont,

d'école en école, mendiant l'instruction jusqu'à ce qu'ils rencontrent un seuil charitable qui leur fasse, en même temps, l'aumône du pain de l'esprit et du pain de l'estomac.

Henry Paddly avait été généreusement favorisé par la providence, sous ce double rapport. Si bien, qu'après quelques années d'études, il avait, haut la main, remporté tous les grades dans un collège célèbre. Les obstacles qu'il avait vaincus, les luttes qu'il avait soutenues contre la misère, la supériorité qu'il avait la conscience d'avoir acquise dans l'étude approfondie des langues anciennes avaient inspiré à Henry Paddly une énorme confiance en son propre mérite, et une reconnaissance sans bornes pour les choses qui l'avaient fait ce qu'il était devenu. C'est-à-dire que pour lui, hors du grec et du latin, il n'y avait pas de salut ; et il déclarait formellement que nul n'était digne d'être appelé un homme, qui n'avait appris et ne savait au moins l'une de ces deux langues. Aussi, professait-il un souverain mépris pour ceux des enfants de son école qui se contentaient d'apprendre l'anglais, l'écriture et l'arithmétique. Un écolier ne comptait pas pour lui avant qu'il expliquât Virgile. Quant à ceux qui en étaient à Homère, ils tenaient une large place en son cœur. La vue d'un *virgilien* faisait briller ses yeux de joie; devant un *homérien* c'était bien autre chose !

Ce côté du caractère de Paddly étant bien connu, on s'étonnera qu'il se fût décidé à épouser miss Mary Parker, qui n'avait jamais pu ou jamais voulu achever d'apprendre son alphabet. Mais Paddly s'était épris pour Mary d'une passion au moins égale à celle qu'il éprouvait pour Virgile et Homère. Il en avait été quitte pour prendre texte de la simplicité de miss Mary, pour démontrer l'infériorité intellectuelle de la femme et la vanité des efforts qu'on pouvait tenter pour l'élever au niveau de notre sexe. Mary rachetait, surtout, par une foule d'excellentes et solides qualités, une raison droite, un sens juste, d'exquises inspirations du cœur, tout ce qui lui manquait du côté de la science.

Paddly, du jour de son établissement à Donnybeg, s'était montré d'une charité sans égale pour les écoliers errants comme il l'avait été lui-même. Son école était le refuge de tous les enfants pauvres qui y recevaient gratuitement l'instruction du maître, en même temps que des tendresses et des soins infinis de la part de mistress Paddly.

Cette générosité qui n'avait pas les apparences d'un calcul en avait rapporté tous les bénéfices. La réputation de Henry Paddly s'était accrue considérablement d'abord, en sorte que, de tous les coins du comté, — part faite à l'ingratitude, — il lui arrivait un nombre de bénédictions à peu près égal au nombre d'enfants pauvres qui trouvaient

l'hospitalité au seuil de sa maison et de sa science.
Ensuite, comme il faut bien que toute chose de ce
monde ait son côté profitable, tous les riches fermiers du voisinage, et même ceux de plus loin,
en envoyant leurs fils à l'école de maître Paddly,
payaient grassement l'éducation classique, et grassement encore les accessoires. Il en résulta qu'au
bout de quelques années la balance qui avait, longtemps penché du côté *pauvreté* bascula, et que le
plateau *aisance* se trouva en bas.

Paddly s'était vu à la tête d'une fortune qu'il
n'eût jamais osé rêver.

II

On a souvent observé combien le cœur de l'homme
se modifie dans la transition lente de la pauvreté à
la richesse ; tandis qu'il reste intact, avec tous ses
vices ou toutes ses qualités, quand l'homme franchit, subitement et d'un bond, l'abîme qui sépare
l'extrême misère de l'extrême fortune. Dans le premier cas on se figure parfois que c'est, peut-être,
un excès de vertu qui empêche le bien-être d'arriver ; en sorte qu'à mesure que ce bien-être se fait
sentir, on est plus disposé à rompre avec ses instincts les meilleurs. Ou bien les douleurs de la pauvreté aigrissent l'âme et la rendent malade ; alors

l'aisance progressive est un baume qui soulage, jour par jour, et calme l'irritation des plaies du cœur. La fortune subite, au contraire, ne laisse pas au cœur le temps de se modifier ; armé tout à coup de ce levier puissant, il s'en sert avec tous les instincts bons ou mauvais que la nature lui a donnés.

Telle était la situation dans laquelle se trouvait Paddly, que, le bien être venu lentement, à force de travail et de patience, le maître d'école avait conçu une certaine foi religieuse pour cet argent qu'il avait eu tant de peine à amasser. Aussi, arrivé au but, se trouva-t-il que quelque chose était dérangé dans son cœur. A mesure que les couronnes, les schellings et les guinées s'entassaient dans sa poche, sa profession perdait à ses propres yeux du prestige qu'il y avait attaché. Paddly commençait à regarder l'enseignement exclusivement comme un moyen de gagner de l'argent. Il l'avait peu à peu déconsidéré ; et, chose horrible ! il en était tombé à regretter ses générosités passées qui lui avaient valu la réputation dont il tirait un si grand profit. Paddly était ingrat, même envers la vertu et le bonheur ! Il ne se montrait plus gracieux et affable que pour ses écoliers riches et brutalisaient les autres, particulièrement son plus fort *homérien*, qui n'était qu'un écolier pauvre.

Ce sentiment, faible d'abord, s'était accru peu à

8

peu, au point que maître Paddly avait fini par se poser souvent cette question :

— Pourquoi continuerai-je à faire tant de bien? Et pourquoi me montrerai-je encore si généreux envers ceux qui ne me rapportent rien ?

Il n'avait confié cela à personne, bien entendu ; mais il se l'était si fréquemment répété à lui-même, que cette mauvaise pensée avait comme pris racine en son cœur, puis s'y était incrustée tout à fait. Il n'était plus le maître de s'affranchir de ce joug.

Un soir, en entrant dans sa cuisine, il vit Mary occupée à préparer une tisane qu'il savait être destinée à son *homérien*, fort souffrant depuis quelques jours. Après avoir secoué les cendres de sa pipe, et avoir fermé avec humeur son fidèle Homère qu'il tenait à la main :

— Mary, dit-il, pouvez-vous rester ainsi devant vos fourneaux, quand la journée est close et que la nature invite au sommeil ?

— Dans un instant, mon cher ami, répondit la bonne femme, j'aurai fini ; c'est pour ce pauvre Abel qui est fort souffrant...

— Pourquoi ne finissez-vous pas tout de suite Aquoi bon perdre votre temps à préparer du lait sucré et je ne sais quelles autres choses pour un individu qui ne nous rapporte rien !...

— Qui ne nous rapporte rien ! — répéta Mary stupéfaite et en retirant la casserole du feu, — qui

ne nous rapporte rien !... Mais je vous dis que c'est
pour Abel, le *grécien*, comme vous l'appelez ;
votre écolier favori, celui dont la grand'mère a
fait, l'an passé, dix milles pour le venir voir cou-
ronner à la tête de sa classe, afin de mourir le
cœur content, ainsi qu'il lui arriva, hélas !...

— Je sais bien que c'est Abel ! Mais je vous dis,
Mary, que sans être vieux, nous avons dépassé le
midi de notre vie, et que nous ne pouvons sacrifier
ainsi notre bien-être pour des individus de l'espèce
d'Abel.

— Henry ! s'écria Mary d'un ton de sévère reproche.

— Oui, Mary, oui, je le dis ; et j'ajoute que je
n'entends plus, désormais, prendre d'écoliers pauvres.

— Oh ! Henry ! murmura l'excellente femme,
ne dites donc pas des choses pareilles. Jamais un
écolier pauvre n'a franchi le seuil de notre maison
sans qu'il m'ait semblé apporter avec lui un air
du ciel. Le morceau de pain que je lui donne ne
nous a jamais fait faute. Mon cœur palpite au doux
bruit que font ses pas sur le pavé de notre cour, et
notre porte s'ouvre comme d'elle-même pour laisser entrer quiconque se présente.

Tout cela est bel et bon, répliqua Paddly, d'un
ton sec et décidé ; mais il est temps que nous com-
mencions à songer à nous.

Mary, pour toute réponse, couvrit le bol dans lequel elle avait versé la tisane ; puis appelant un jeune enfant qui traversait la cour de l'école :

— Porte ceci à Abel, lui dit-elle, et recommande lui de le boire après avoir fait sa prière.

S'asseyant alors en face de son mari, les mains croisées sur ses genoux :

— Je croyais, Henry, continua-t-elle, qu'Abel était un de vos privilégiés, et que vous l'aimiez en raison de l'honneur qu'il vous fait.

— Tout ce que je sais, c'est qu'il ne me paie pas...

— Mais ce langage est étrange, Henry ; moi qui vous ai toujours vu si fier et si touché des bénédictions que nous attirent les soins prodigués à ces pauvres enfants ! Et que vous coûte donc, à vous, l'instruction que vous leur donnez? La science que vous semez au dehors est comme le miel que l'abeille dépose dans sa ruche. Elle n'en est pas avare; quand on a récolté le miel, l'abeille recommence son travail, sans s'inquiéter du nombre de personnes qui viennent puiser à son trésor inépuisable. Votre science, à vous, c'est le trésor de l'abeille...

— Mary, vous êtes folle ! murmura Paddly en souriant.

Le vieux maître d'école était homme ; et comme tous les hommes, chatouilleux à la flatterie, lors même qu'elle vient de leur propre femme.

— Donnez, donnez un peu de votre science à
ceux qui en ont besoin. Cela leur fait du bien et ne
vous fait, à vous, aucun mal.

Le maître d'école ne répondit rien. Il était évident qu'il éprouvait une sorte de retour sur sa
conscience, et un remords. Mary s'en aperçut, et
comme elle était une femme franche, d'une grande
énergie de sentiment, elle profita de cet ébranle-
ment pour poursuivre son œuvre.

— Je suis d'autant plus affligée, dit-elle, de vos
étranges paroles, Henry, que j'avais, à l'instant
même, une proposition à vous faire.

— Laquelle ?

— Je vous avais ménagé, pour vous reposer des
fatigues de la journée, une bonne action à accomplir. Je comptais pour cela sur votre générosité ha-
bituelle.

Paddly eut un geste d'impatience.

— Cette après midi, continua Mary, il s'est présenté ici un petit garçon qui, par une singulière
coïncidence, ressemble au portrait que vous m'avez
fait de vous pendant votre enfance. Il a, comme
vous les aviez, les cheveux roux, signe de bonheur
et d'intelligence, à ce que vous prétendez souvent,
d'après les textes des anciens...

— Il est de fait, affirma Henry, que les anciens
prisaient très-fort cette couleur. Je puis vous citer
à ce sujet...

8.

— Je m'en rapporte à vous, interrompit Mary.
De plus, cet enfant a, comme vous, une protubé-
rance à l'os frontal, au-dessus de l'œil gauche.
Vous m'avez dit que c'est là un signe de grande
aptitude.

— Cela est exact; et qui est cet enfant?

— Une pauvre créature sans père ni mère. Il
portait un petit paquet de livres sur son dos, et un
petit paquet de linge sous son bras pour se faire
beau les dimanches. Il m'a rappelé le temps où
vous étiez, vous aussi, un pauvre écolier errant,
et, comme cet enfant, manquant de beaucoup de
choses...

— Et de quoi manque-t-il, lui?

— Juste de six mois de vos leçons, pour devenir
un homme.

— Mais a-t-il de l'argent pour payer?

— Je ne le lui ai certes pas demandé.

— Voyons toujours, Mary; qu'il vienne!

III

Mary sortit, puis rentra au bout de quelques
minutes, tenant par la main un jeune garçon aux
formes grêles et délicates, amaigri moins par l'é-
tude que par les privations, aux regards timides et
baissés. Bien que mistress Paddly lui eût dit de

s'asseoir, il restait debout, chiffonnant entre ses doigts un livre latin sur lequel il s'attendait à être interrogé.

— Ton nom ? lui demanda sèchement Henry.

L'enfant répondit qu'il se nommait Edouard Moore ; et il ajouta d'une voix tremblante :

— Voulez-vous bien me donner quelques leçons et me permettre de suivre votre école ?

— Et que me donnerez-vous en retour ? demanda Paddly.

— Je ne possède que fort peu de chose, monsieur. Ma mère a six enfants ; mon père est au ciel; ma plus jeune sœur est infirme. Sans l'aide de quelques voisins et surtout sans l'assistance de Dieu, qui ne nous a jamais abandonnés, nous serions exposés à mendier sur la grand'route.

— Mais tout cela m'est parfaitement indifférent, répondit sèchement Paddly.

— Je le sais bien, murmura timidement l'enfant ; mais je suis venu à vous parce que vos générosités sont proverbiales dans le pays. J'ai environ vingt-trois schellings, dont cinq m'ont été donnés par le pasteur de ma paroisse, qui m'a engagé à les conserver pour les cas de maladie. Si vous voulez prendre dix de ces vingt-trois schellings pour un trimestre, les voilà. Je sais que c'est peu payer la faveur d'être instruit par vous ; mais s'il vous plaît de m'examiner sur le latin, le Révérend m'a assuré que je ne pouvais, sous ce rapport, que vous faire honneur.

— Montrez-moi ce que vous possédez, dit le maître d'école.

L'enfant tira d'une poche de son gilet un mouchoir dont il dénoua le coin, et le présenta au maître d'école, dont la main s'allongeait déjà. Mary se plaça entre son mari et la tentation.

— Remettez cela dans votre poche, dit-elle au jeune Moore, le maître n'en a pas besoin; il voulait seulement s'assurer que vous disiez vrai.

Et, se penchant vers Paddly, elle lui dit d'une voix brève et sévère :

— Abaissez votre main, Henry ; c'est le diable qui vous tente de prendre ces dix schellings, denier du fils de la veuve. Je ne vous reconnais plus, en vérité !

Puis, se retournant vers l'enfant.

— Remettez cet argent dans votre poche, Edouard, et venez demain à la leçon.

Mais les schellings avaient frappé les yeux du maître d'école, et altéré son avarice. Il se leva soudainement, et, d'un bras vigoureux, repoussant sa femme de côté, il déclara nettement qu'il voulait avoir de l'enfant tout ou rien, car sa résolution était bien arrêtée de ne plus prendre charge d'écoliers gratuits. L'enfant, sans murmurer, lui tendit le mouchoir et tout ce qu'il contenait ; seulement il ajouta :

— Que le Seigneur, maintenant, m'envoie un ami qui me donne du pain et un abri !

Il sortit pour aller pleurer dans un coin de la cour. Quand l'enfant fut parti, Mary, toute tremblante d'émotion, se laissa tomber sur une chaise, et voila de ses mains son visage inondé de larmes et de honte.

Paddly, lui, s'était dirigé froidement vers une petite armoire creusée dans l'épaisseur de la muraille, l'avait ouverte, et avait déposé dans un grand sac en cuir, déjà bien arrondi, les vingt-trois schellings du jeune Moore.

En dépit du sang froid et de l'apparente sécheresse avec lesquels il avait accompli cette vilaine action, comme c'était la première fois qu'il manquait à son caractère, Paddly en ressentit une sorte de honte. Pour éviter les regards courroucés de sa femme, il lui tourna le dos en s'asseyant, et fit semblant de lire. Quelque effort qu'il tentât, ses souvenirs le ramenaient toujours au temps où il n'avait été qu'un pauvre écolier, et rien ne pouvait effacer de ses yeux l'image du pauvre enfant qu'il venait de dépouiller si inhumainement. Il crut avoir trouvé enfin un soulagement aux inquiétudes de sa conscience et une excuse vis-à-vis de sa femme, en lui disant :

— Vous voyez bien, Mary, qu'il n'y a pas un seul de ces écoliers soi-disant pauvres qui ne possède au moins le double ou le triple de ce qu'il prétend avoir.

Mary tourna vers lui un regard plein de pitié, et lui répondit ces simples mots :

— Vous rangez-vous aussi au nombre de ces écoliers-là ?

Paddly, piqué au cœur, se leva en renversant sa chaise, donna un coup de pied au chat, qui se frottait contre ses jambes, ferma brusquement la porte et entra dans sa chambre. Il ne s'endormit ni promptement ni tranquillement. Il se remua tant et plus dans son lit ; au point que Mary, agenouillée au chevet, redoubla de ferveur dans ses prières, car elle croyait véritablement son mari possédé du démon. Elle demeura même à prier le restant de la nuit, et après que Paddly se fut endormi. Ce ne fut qu'au chant du coq et à l'apparition de l'aube qu'elle se leva pour aller vaquer aux soins ordinaires de la maison.

Aussitôt qu'il eut rouvert les yeux, Henry se dressa sur son séant, et appelant sa femme :

— Mary, dit-il d'une voix émue, Mary...

— Quoi, mon ami ?

— Donnez-moi votre main, et parlez-moi ; que je m'assure si c'est bien vous qui êtes là ?

— Mon Dieu ! qu'avez-vous donc ? fit Mary en

lui tendant la main et en le regardant avec un étonnement craintif.

— Mary, reprit Paddly, je suis un misérable, et toute la science que je possède ne saurait me laver de la mauvaise action que j'ai commise.

Mary parut stupéfaite de l'entendre parler ainsi.

— Je suis calme et j'ai toute ma raison en ce moment, chère femme. Tenez, voici la clé de la petite armoire ; allez y prendre l'argent de ce pauvre enfant, reportez-le lui, et dites-lui que je ne veux pas recevoir un schelling pour les bons soins que je lui donnerai. Et si cela vous est possible, Mary, faites le tour du village, en criant que je recevrai ici autant d'écoliers pauvres qu'il en voudra venir. J'ai fait un rêve, Mary, que je vais vous conter. C'est un avertissement céleste. Remerciez tous les Saints du paradis, Mary, et écoutez sans m'interrompre.

— Parlez, fit l'excellente mistress Paddly, de plus en plus étonnée.

IV

Paddly reprit :

J'ai rêvé que j'étais mort. Je me voyais flottant au milieu des ténèbres, comme le navire vogue sur l'eau, comme l'oiseau plane dans l'air. J'avais

grand'peur et je voulais m'enfuir au milieu de ce
chaos. Une force invisible, indéfinissable et toute
puissante me retenait. J'essayai de m'élancer, mais
je n'y pus parvenir, et autour de moi j'aperçus
une multitude d'objets qui vaguaient dans l'espace.
Une de ces choses sans nom vint à passer au-dessus de ma tête, avec un bruit pareil à celui qu'eussent fait les ailes de quelque grand oiseau de nuit;
c'était un volume d'Homère aux feuillets entr'ouverts. J'eus l'espoir que je pourrais m'en servir
pour m'aider à m'élever. Quand j'y portai la main,
le volume s'évanouit en fumée.

Alors m'apparut un fantôme blanc, avec des
yeux rouges et flamboyants comme des torches au
milieu de l'obscurité; l'un de ces yeux était un volume de Virgile, l'autre un volume d'Horace. Ils
lancèrent sur moi des éclairs, et le fantôme, après
m'avoir fait une horrible grimace, disparut dans
l'abîme sans laisser de traces derrière lui. Le temps
me paraissait long, long comme l'éternité, où il
me semblait que j'étais entré. Chose singulière!
tous les objets qui se trouvaient autour de moi parlaient un latin détestable, et un grec qui mettait
mes oreilles à la torture.

Je pensai que c'était le Purgatoire des maîtres
d'école où j'étais plongé.

La scène changea tout à coup. Deux mille ans
au moins s'étaient écoulés. Je me trouvais enve-

loppé de toutes parts d'un brouillard dont les va-
peurs, transparentes et légères, ne gênaient aucu-
nement mes mouvements, restés parfaitement li-
bres. Je fis quelques pas en avant : le brouillard
se sépara par le milieu comme un rideau qui s'entr'ouvre; et devant moi je vis une haute montagne
de feu. Je montai jusqu'au sommet, et je vis encore
au-dessus de moi le plus éclatant foyer de lumière
qui ait jamais ébloui l'œil humain.

Une voix vibrante et douce murmura à mon
oreille que c'était le ciel. Je tombai alors à genoux
et demandai comment j'y pourrais parvenir ; car il
y avait, Mary, entre le ciel et moi un gouffre profond, dont aucun passage ne reliait les lèvres op-
posées. Devant moi apparurent tout à coup une
foule de pauvres écoliers, tous ceux que j'ai élevés
et qui ont pris, depuis, leurs diplômes. Je les reconnus tous et très-bien. Abel était à leur tête.

— « Maître, me dirent-ils en chœur, le seul
« moyen d'arriver jusqu'au sommet de la haute
« montagne est de vous servir de nous comm
« d'un marchepied.

— « Comment cela? leur demandai-je.

— « Oui, reprirent-ils, nous sommes les éche-
« lons qui vous conduiront à ce bienheureux sé-
« jour. Toute cette science dont vous êtes si fier :
« votre algèbre, vos mathématiques, votre grec,
« votre latin, voire même votre hébreu, ne vous

9

« serviraient de rien. Toute la science humaine ne
« vaut pas une bonne action. Nous sommes les
« preuves de vos charités. Nous, pauvres enfants
« qui vous devons notre instruction, nous pouvons
« vous transporter là haut et vous faire heureux
« pour l'éternité. »

Je mis donc un pied sur l'épaule d'Abel, un autre sur celle de Blake, puis sur celle de Billy ; ainsi
de suite d'une épaule à l'autre, jusqu'à ce que je
fusse arrivé à la dernière. Je m'aperçus alors qu'il
s'en fallait de cinq ou six hauteurs d'épaules pour
atteindre au terme de mon ascension. J'essayai de
faire un saut pour m'élancer ; mais Abel me retint.

— « O grand Dieu ! mes enfants, m'écriai-je,
« pourquoi m'avoir conduit à moitié chemin ?

— « Il paraît, maître, qu'il en faut un peu plus
« que nous ne sommes pour vous faire atteindre au
« but. Bien certainement vous avez commis quel-
« que mauvaise action. En repoussant peut-être
« quelque pauvre écolier, vous avez diminué les
« échelons qui mènent au sommet de la monta-
« gne. »

— Eh bien, Mary, mon cœur faillit éclater en
me souvenant de ma conduite à l'égard du petit
Edouard Moore...

Mary tomba à genoux et fondit en larmes de joie,
remerciant Dieu d'avoir exaucé ses prières en envoyant à son mari cette vision inspiratrice.

— Maintenant, reprit Paddly, je vois qu'il faut profiter de notre vie, si courte qu'elle soit, pour faire le bien... Béni soit donc mon rêve !

Une demi heure après, le jeune Edouard Moore, rentré dans ses vingt-trois schellings, prenait sa place dans l'école de maître Henri Paddly.

L'AVENTURE DES CINQ-CHÊNES

I

En 1841, on lisait le même jour, dans tous les
journaux de Boston, les deux faits suivants, rapportés en des termes à peu près identiques et sous
la forme que voici, qui leur aida à faire, en peu de
semaines, le tour des cent mille journaux de l'A-
mérique du Nord :

« MEURTRE HORRIBLE. — VOL CONSIDÉRABLE. —
« MYSTÈRE. — Un assassinat a été commis pendant
« la nuit d'avant-hier, dans les environs de Graf-
« ton (Massachusetts), sur la propriété du docteur
« War, dite les *Cinq-Chênes*. La victime de ce
« crime est une jeune servante irlandaise, nommée
« Sarah, qui gardait la maison, en l'absence du
« docteur et de sa fille. Hier matin, les voisins,
« en passant devant les *Cinq-Chênes*, virent la
« porte ouverte, et, au pied de l'escalier, Sarah

« gisant baignée dans son sang et déjà glacée par
« la mort. La malheureuse fille avait pour tout
« vêtement sa camisole et ses bas passés à mi-
« jambe. Ses doigts crispés pressaient encore un
« chandelier. Ces détails que nous consignons ici
« font supposer que Sarah, ayant entendu du bruit
« dans la maison pendant la nuit, s'était levée pour
« s'assurer de la cause de ce bruit, et qu'elle a été
« assassinée en arrivant au bas de l'escalier. Le
« coroner a constaté que cette fille a reçu au cou
« deux larges blessures, et une troisième dans la
« région du foie, toutes trois du fait d'une arme
« tranchante. — Un coffre qui se trouvait dans la
« chambre du docteur War a été brisé. On ignore
« encore la nature et l'importance du vol qui a dû
« être commis. — Une enquête est ouverte par la
« police. »

Voici le second fait, rapporté par les journaux
de Boston et qui paraissait complètement étranger
au sinistre événement dont nous venons de repro-
duire le récit. Bien que le nom du docteur War s'y
trouvât incidemment mêlé, il s'en fallait de beaucoup qu'il eût excité au même degré la curiosité
publique :

« FATAL ACCIDENT. — Avant hier au soir, un
« bien fatal accident est arrivé sur la route entre
« Foxboro et Mansfield (Mass). Le sénateur Tho-

« mas Redwood, avait dîné dans les environs de
« Mansfield, chez le Dr Races, en nombreuse com-
« pagnie. A huit heures, et, malheureusement,
« par un temps assez sombre, il monta dans un
« bouggy pour se rendre chez lui à un mille de
« Foxboro... Arrivé au détour d'un petit bois, où
« se trouve une auberge fermée depuis quelques
« semaines, trois coups de feu, qui ne paraissaient
« pas dirigés contre la personne de M. Redwood,
« car aucun ne l'a atteint, épouvantèrent son che-
« val, qui prit le mors aux dents. A deux cents pas
« plus loin, le cheval se heurta contre une chaîne
« tendue au milieu du chemin, et culbuta en en-
« traînant la voiture. Le sénateur Thomas Red-
« wood fut lancé à plus de trente pas sur le sol, où
« il se fit de mortelles blessures. Ce ne fut que
« vingt minutes après que le vénérable docteur
« War, qui avait également dîné chez le Dr Races,
« arriva sur le lieu de l'accident. Il releva son ho-
« norable ami, qui expira pendant le trajet, après
« avoir raconté les détails que nous venons de rap-
« porter. »

Evidemment les journaux n'avaient pas eu la
pensée de voir dans « ce fatal accident » autre
chose qu'un malheur ordinaire, sans y rattacher
l'idée de quelque crime. Ce fut le résultat de l'enquête et des poursuites judiciaires auxquelles
donna lieu l'assassinat de Sarah, qui jeta la lumière

sur cette affaire, en révélant la connexité des deux
événements.

Racontons maintenant les péripéties de ce drame
mystérieux et les faits qui le précédèrent.

II

Le docteur War avait acquis, dans l'exercice de
la médecine, à Boston, une grande célébrité et une
grande fortune, de bon pauvre diable qu'il était au
point du départ. Il s'était retiré après une pratique de plus de quarante années.

Le docteur War était à la fois un puits de science
et de bonté. Il avait passé sa vie à soulager l'hu-
manité et à faire le plus de bien possible à ses
semblables. La seule de ses bonnes actions qu'il
importe ici que le lecteur connaisse, fut son dévouement à sa sœur, mistress Repton. Au moment
où celle-ci devenait veuve d'un brave colonel tué
dans une expédition contre les Indiens, ce qui la
laissait sans ressources avec la charge d'un enfant
au sein, War perdait son fils unique, sans l'espérance d'en avoir aucun autre, à moins d'une grâce
du ciel.

Autant par un noble sentiment de générosité,
que par le désir égoïste de combler le vide de son
cœur, War avait adopté l'enfant de sa sœur.

Walter Repton fut donc élevé dans la maison et par les soins de son oncle ; et l'on peut même dire qu'il ne connut pas d'autre famille que le docteur et la bonne Mme War, car Walter n'avait pas deux ans quand sa pauvre mère vint à mourir. Il était, en conséquence, vraisemblablement destiné à recueillir l'héritage considérable de M. et Mme War, lorsque celle-ci, consternée et joyeuse à la fois, annonça un matin à son mari qu'elle allait être mère.

Cette nouvelle inespérée combla d'aise les deux époux, qui avaient franchi l'un et l'autre la cinquantaine ; mais ce fut en même temps un souci pour le docteur, qui considéra que tous les projets, conçus et caressés à l'égard de son neveu, s'écroulaient. Le pauvre petit garçon fut seul à ne pas sentir le poids de cette déception. Il trouva même que son oncle se donnait inutilement beaucoup de mal à lui faire entendre l'obligation où il allait être de s'occuper de son avenir et de sa fortune, tant la chose lui semblait simple, naturelle et conforme aux habitudes du peuple américain.

Madame War, chez qui l'égoïsme maternel se révéla avec fureur, craignant de la part de son mari quelque faiblesse préjudiciable à l'enfant nouveau venu, ne cessa pas d'insister pour que le docteur éloignât Walter de la maison, tout en le pourvoyant convenablement. Quelques semaines après les couches de madame War, qui avait mis au monde une fille, Walter, bien équipé d'ailleurs et bien recommandé, fut expédié aux déserts de l'Ouest, au milieu de ces territoires nouveaux que la hache, le dollar et l'intelligence des Yankees ont fécondés. Madame War n'avait point été fâchée de voir mettre, entre sa maison et cet enfant, l'immensité des espaces qui séparaient alors, c'est-à-dire en 1827, les États civilisés de l'Union de ces États naissants destinés à devenir, sous le génie des Américains, la gloire et la fortune de la grande république.

C'était, à cette époque, comme si l'Océan eût été placé entre les habitants de Boston et les défricheurs du Missouri, appelés à exercer tout à la fois le métier de soldat et celui d'agriculteur, à manier simultanément la charrue et le rifle.

Walter avait dix ans quand il s'éloigna de son oncle.

C'était un beau jeune garçon, vigoureusement constitué, bien élevé, intelligent, d'un caractère droit, solide, résolu. Il se montra, sinon insensible, car il pleura beaucoup, du moins résigné en apparence à cet exil, loin d'une maison si hospitalière à son enfance, et qu'il s'était accoutumé à considérer comme la sienne propre.

Au moment de la séparation, il embrassa son oncle et sa tante avec effusion, et leur dit d'une

9.

voix et sur un ton plus ferme qu'on ne pouvait l'attendre d'un bambin de son âge :

— Je pars un honnête enfant, je reviendrai, j'espère, un honnête homme, digne comme je le suis aujourd'hui, des bontés que vous avez eues pour moi et que je n'oublierai jamais, dans quelque condition que je me trouve.

Ces quelques mots, et surtout l'accent avec lequel Walter les prononça, impressionnèrent vivement le docteur et sa femme, et leur arrachèrent des larmes. Simultanément, leurs regards se portèrent de Walter sur leur fille et de leur fille sur Walter. Ce muet engagement qu'ils venaient de prendre était, dans leur pensée mutuelle, une compensation réservée à Walter pour le préjudice que lui causait, dans leur affection et dans sa fortune, la naissance d'Alice.

III

Dix-sept ans s'étaient écoulés. Dans cet espace de temps, madame War était morte, en disant à son mari :

— Walter tient la promesse qu'il nous a faite ; c'est décidément un brave et généreux jeune homme. Je serais heureuse qu'il épousât un jour Alice. Entretenez notre fille dans cette pensée.

Ce vœu auquel il eût obéi, dans tous les cas, était trop du goût du docteur pour qu'il manquât d'y satisfaire. Ce fut peu de temps après la mort de sa femme, que War s'était retiré de sa clientèle et avait acheté la propriété des *Cinq-Chênes*, à une quarantaine de milles de Boston. Il y vivait heureux comme une homme qui a 15,000 dollars de revenu, une riche bibliothèque scientifique et une fille de qui le portrait avait été sollicité pour figurer dans dans un *Book of beauties* publié à dix mille exemplaires, chez le célèbre libraire Appleton, de New-York.

Le temps que War passait hors des *Cinq-Chênes* se bornait à un mois chaque année, qu'il dépensait en visites chez les plus proches parents de sa défunte femme.

Ce fut pendant une de ses absences qu'arrivèrent les deux événements que j'ai rapportés plus haut. J'en vais dire les circonstances mystérieuses et les déplorables conséquences.

IV

Peu de temps après son arrivée dans l'Ouest, Walter Repton avait manifesté pour la profession des armes, un goût développé tout à coup par deux ou trois engagements auxquels il avait pris

part, entre les pionniers Américains et les Indiens, Walter s'était en ces diverses circonstances, conduit avec bravoure, en homme passionné
pour la guerre, et avait obtenu du gouvernement
fédéral un brevet de major dans l'armée régulière.

Après ce long séjour de dix-sept ans dans les
déserts de l'Ouest, où il avait acquis une légitime
réputation de bon militaire, et la paix avec les Indiens étant momentanément faite, Walter, dési-
reux de revoir son oncle et de connaître enfin sa
cousine, demanda un congé et arriva à Boston.

Le docteur War se promettait, on le comprend
de reste, une grande joie de revoir son neveu. Empêché de l'aller recevoir en personne aux *Cinq-
Chênes*,   avait prescrit à Sarah, la malheureuse
servante, de tout préparer pour l'arrivée de Walter, et il avait, en même temps, écrit à celui-ci de
prendre possession de la maison jusqu'à son retour,
fixé à deux ou trois jours de là, et de s'y installer
comme chez lui.

Un fragment de cette lettre fut trouvé dans le
parloir au moment où commença l'enquête de la
police, qui observa en même temps l'absence de
tout bris aux portes et aux fenêtres. La maison était
vide lorsqu'on y pénétra pour enlever le corps de
Sarah ; mais il fut facile d'y constater, non-seulement les traces du passage momentané d'un
homme, mais d'établir nettement que cet homme

avait soupé, vraisemblablement fort à son aise, car le couvert avait pu être enlevé et la table desservie comme dans le train ordinaire de la vie.

Les premiers soupçons s'étaient portés, on ne sait pourquoi, sur un certain Josiah, compatriote et parent de Sarah. Ce Josiah était un pauvre diable de saltimbanque, appartenant à une troupe d'acrobates qui avaient tout récemment exploité la Nouvelle Angleterre, et fait la joie des Yankees plus accessibles aux émotions de la danse de corde qu'aux plaisirs de la comédie, de la tragédie ou de l'opéra. Mais le malheureux Josiah prouva clairement son *alibi*. Le soir du crime, il avait donné des représentations de ventrilogie; — exercice où il excellait, — dans une petite ville à dix milles de Boston sur la route opposée à celle des *Cinq-Chênes*. Il y était resté jusqu'à trois heures du matin, et n'avait pas pu, matériellement, revenir aux *Cinq-Chênes* pour y commettre l'assassinat. Josiah, qui aimait beaucoup Sarah avec laquelle il avait compté se marier, se livra à un violent désespoir sur le cadavre de la malheureuse fille; il offrit ses services et, au besoin, le secours de ce qu'il appelait pompeusement *son art* (la ventrilogie), pour arriver à la découverte du coupable.

Ce fut lui qui attira l'attention de l'officier de police préposé à l'enquête, M. Foreign, un habile

homme, cependant, et comme il s'en rencontre
parfois dans la police américaine, sur le fragment
de la lettre du docteur War à Walter Repton,
trouvé dans le parloir.

Après un moment d'hésitation bien naturelle, il
fallut entrer dans la voie ouverte par Josiah. On
fit comparaître tous les fournisseurs, qui avaient
apporté des provisions dans la maison. Un d'eux,
marchand de fruits, déclara avoir vu dans le
parloir et tournant le dos à la porte entrebâillée, un
jeune homme de grande taille, portant un costume
moitié civil, moitié militaire, et qui lui avait paru
avoir tout à fait la tournure d'un officier fédéral.
Sa curiosité n'avait pas été plus loin. En tout cas,
il n'avait pas pu voir le visage de ce jeune homme,
bien persuadé que c'était le neveu de M. War, de
l'arrivée duquel Sarah avait fait grand bruit dans
le voisinage.

C'était là un commencement de présomptions
sérieuses.

Le docteur War revint, dès le lendemain, aux
Cinq-Chênes, et déclara que, outre son argenterie,
on lui avait volé une somme de 10,000 dollars,
partie en or, partie en billets de la Suffolk-Bank.
Alice avait, heureusement, emporté tous ses bijoux ; mais elle avait laissé dans sa cassette une
ancienne pièce d'or frappée avant la guerre de
l'indépendance et dont le millésime exactement

précisé, pouvait servir d'argument contre le voleur ou les voleurs.

Après que War eut fait sa déposition, on lui présenta le fragment de la lettre trouvé dans le parloir. Le pauvre homme tomba sur son siége en s'écriant :

— C'est mon écriture !

— Et cette lettre était adressée au major Walter Repton ?

— Hélas ! oui...

— Où demeurait votre neveu, à Boston ?

— Il était descendu à Tremont-House.

War fut comme foudroyé quand, à l'appui de cet indice, sinon encore de cette preuve de la culpabilité de Walter, M. Foreign lui rapporta la déposition du marchand de fruits. Le docteur eût volontiers fait le deuil de son argenterie et de ses 10,000 dollars pour arrêter l'enquête; mais le meurtre de Sarah ne permettait pas à la justice de fermer les yeux.

La première émotion passée, War ne voulut pas admettre que le moindre doute se fût un instant glissé dans son esprit sur le compte de Walter. Il repoussa avec énergie toutes les présomptions qui, déjà, s'étaient accumulées contre son neveu.

— C'est impossible ! — s'écria-il avec désespoir, — c'est impossible ! mon neveu ! un si brave jeune homme ! un si loyal militaire ! capable de commettre un pareil crime ! capable de me dévaliser, moi, son oncle, son bienfaiteur, son père! C'est inadmissible ! Mais, tenez, M. Foreign, la meilleure preuve que ce ne peut pas être mon neveu... c'est que cet argent-là était aussi bien à lui qu'à moi-même ! Il le savait, il...

War étouffait. Il s'arrêta, cacha sa tête dans ses deux mains et éclata en sanglots. Alice l'enveloppa dans ses deux bras, comme un ange enveloppe dans ses ailes une pauvre âme meurtrie, et pria, plus qu'elle ne pleura, sur le désespoir de son père et sur le déshonneur de son cousin.

M. Foreign, qui n'avait pas su se défendre d'une vive émotion devant cette scène poignante, profita d'un moment où le calme revint à War pour lui dire :

— Docteur, si sérieux que soient ces premiers indices, ils ne constituent pas toute notre enquête. Il nous reste à chercher bien d'autres preuves. La suite peut être et sera, j'espère, tout à fait à l'avantage du major Walter Repton.

— Vous avez raison, murmura War, et avec la confiance que j'ai dans l'innocence de mon neveu, j'ai tort de me tourmenter à l'avance. Voudrez-vous bien me tenir au courant de ce que vous apprendrez, M. Foreign ?

— Tout ce qu'il me sera possible de vous communiquer, sans compromettre ma mission, je m'engage à vous le faire reconnaître.

Alice leva ses beaux yeux vers M. Foreign, et
son regard noyé dans les larmes, exprima, mieux
que la parole, toute la reconnaissance de son cœur
et aussi toute son anxiété.

Quand l'officier de police fut sorti, le docteur et
Alice se jetèrent dans les bras l'un de l'autre et
pleurèrent longtemps, sans pouvoir échanger un
mot.

— Oh ! c'est impossible ! murmura enfin M.
War.

— J'ai peur ! répondit Alice, en tombant anéan-
tie sur un fauteuil.

V

Les informations que Foreign recueillit dès l'a-
bord, furent défavorables à Walter, et conspirèrent
à le représenter comme le véritable auteur du double crime commis aux *Cinq-Chênes*.

En arrivant à Boston, Foreign s'était rendu di-
rectement à Tremont-House, et là il avait appris
que Walter Repton avait disparu, sans même em-
porter ses malles : son départ concordait avec le
jour fatal de l'assassinat et du vol. Questionné sur
le costume que portait Walter, le maître de l'hôtel
répondit qu'il n'avait cessé d'être en uniforme jusqu'au moment où on l'avait vu pour la dernière fois.

Cet uniforme répondait exactement à la toilette attribuée par le marchand de fruits au jeune officier entrevu aux *Cinq-Chênes*.

Le caissier de la Suffolk-Bank déclara avoir changé, le matin du jour où le crime fut découvert, des billets contre de l'or entre les mains d'un officier, dont il ne saurait reconnaître les traits.

Foreign crut de son devoir de faire prévenir M. War des résultats de son enquête, qui devenait de plus en plus défavorable à Walter. Le docteur cacha à Alice ces terribles communications, en conservant encore au fond de son cœur un espoir que Foreign ne lui laissait pas.

Il ne s'agissait plus que de mettre la main sur le criminel. Ceci paraissait être le côté difficile et délicat de la mission de Foreign, lorsqu'il fut informé d'un fait qui venait de se produire, et qui compliquait d'une étrange façon la situation.

Un officier s'était présenté chez le chef de la police, déclarant se nommer Walter Repton, et, avait déposé que cinq jours auparavant, il avait été victime d'un vol à bord d'un steamer allant de New-York à Philadelphie ; on lui avait enlevé sa bourse et un portefeuille contenant des lettres et des papiers particuliers.

Il ajouta que le lendemain, un homme s'était présenté de très-grand matin à l'hôtel, se donnant comme un officier de police, et disant qu'il était

sur la trace du vol commis la veille, et dont lui
Walter s'était plaint à deux policemen qui étaient
montés à bord à l'arrivée du steamer. L'officier de
police en question avait invité le major à l'accompagner pour constater l'identité du coupable, ou
tout au moins celle des objets volés. Peu au courant des usages de la police et des formalités judiciaires, Walter suivit son guide de ville en ville
jusqu'à Pittsburg, à l'extrémité de la Pensylvanie.
Il ne l'avait plus revu, et s'aperçut, alors seulement, qu'il avait été victime d'une mystifica-
tion.

Après cette déposition compliquée, comme on
voit de détails mystérieux, le major Repton déclara
au chef de la police de Boston qu'il partirait le
soir même pour les *Cinq-Chênes*, et il priait qu'on
l'y avisât, s'il y avait lieu, des suites de l'affaire.

Dans l'état des choses, cet incident pouvait être
envisagé de deux manières. Se présentait-il en faveur de Walter ou contre lui? On l'interpréta dans
ce dernier sens, en y trouvant de plus une preuve
de l'impudence de l'accusé. Foreign, informé de
ces faits, se rendit au bureau du stage qui conduisait, à cette époque, avant l'achèvement du chemin de fer de Worcester, à la petite ville de Grafton proche de laquelle était l'habitation du docteur War, Foreign était accompagné de Josiah,
qui ne pouvait, disait-il, rencontrer une meilleure

occasion d'employer son art ou son procédé, à la découverte du coupable.

Ils trouvèrent accoudé au *bar-room* du bureau, c'est-à-dire devant la buvette, l'officier dont ils avaient le signalement, c'était Walter Repton lui-même, fumant et dégustant un grog au wiskey. Sa physionomie était aussi calme que si sa conscience n'avait rien eu à lui reprocher.

Cette placidité de Walter déconcerta Josiah, surtout après qu'il se fut livré à deux ou trois essais de ventrilogie qui n'émurent même pas le criminel. A peine celui-ci détourna-t-il la tête pour chercher d'où venait cette voix qui parlait, sur un ton lamentable, de conscience et de remords.

— « Il est bien fort! » mumura Josiah à M. Foreign.

L'officier de police, affublé d'un déguisement sous lequel il était méconnaissable, vit bientôt monter dans le stage deux individus qui annoncèrent se rendre également à Grafton. Son attention se concentra sur l'un d'eux qu'il reconnut pour un des habitués de son département, bien qu'il fût mis à ce moment-là, avec la recherche d'un genleman de la meilleure tournure.

Nos cinq personnages se trouvaient être les seuls passagers. Pas un seul mot ne fut échangé entre eux durant le voyage, et même, ce qui étonna grandement Josiah, ce fut le sang-froid avec lequel Walter s'abandonna au sommeil le plus paisible qu'il eût encore vu, disait-il, chez un criminel.

De son côté, Foreign, en homme qui avait l'assurance de son métier, ne se gêna pas trop pour s'endormir. Josiah, persuadé que c'était une ruse, fit comme Foreign, seulement il dormit à la façon des chats et des Indiens, l'œil à demi ouvert et le regard dissimulé sous ses cils, ce qui du reste, ne l'avança à rien. Walter ne bougea point, et sauf deux ou trois mots échangés à voix basse, les deux autres voyageurs observèrent le plus grand silence. Josiah crut néanmoins, sans le pouvoir affirmer, avoir saisi entre eux quelques signes à peine perceptibles, dont il fit son profit.

A dix milles environ de Grafton, le stage s'arrêta dans un petit bourg près de Hopkinton, et que les deux camarades devenus suspects à Josiah, annoncèrent tout à coup être le terme de leur voyage. Le saltimbanque parut moins contrarié que Foreign de cette séparation.

Si courte que fût la station du stage à cet endroit, les voyageurs eurent le temps de prendre à l'auberge voisine un excellent lunch. Foreign ne fit peut-être pas assez attention aux libations de Josiah. Si bien qu'il fut déconcerté quand on vint lui annoncer que Josiah était dans un état complet d'ivresse.

Le spectacle qu'offrait Josiah, à ce moment-là,
était répugnant. Ses bras, ses jambes, son corps,
tout entier étaient à l'état de mort plutôt que de
sommeil. Son œil vitreux et abruti, sa parole in-
cohérente et lourde à ses lèvres, trahissaient l'a-
brutissement où il était tombé, — au point que
Foreign commença de craindre que dans une de
ses divagations, il ne le compromît. Tout à coup,
Josiah se dressa héroïquement sur ses pieds vacil-
lants, et quelque effort qu'on fît pour l'en empêcher, il se dirigea vers la table et but à longs traits
à même une bouteille de wiskey, déclarant en termes énergiques et en frappant sur la table, qu'il
était résolu à ne point faire un pas de plus, jusqu'au
lendemain.

Dans une de ces oscillations où il menaçait, à
chaque instant, de se briser sur le sol, il rencontra
Foreign comme point d'appui, l'enveloppa de ses
bras, et couchant sa tête sur les épaules de l'officier de police, il lui dit tout bas à l'oreille et de sa
voix naturelle :

— « Ne comprenez-vous pas que j'ai besoin de
m'arrêter ici, sans éveiller de soupçon ? »

Après quoi, il se détacha de Foreign, oscilla
comme un chêne coupé à sa racine, et s'abattit tout
d'une pièce. Foreign demeura un instant stupéfait
de l'habileté avec laquelle Josiah avait joué cette
scène d'ivresse.

VI

Foreign, remonté seul dans la voiture avec Walter, se prit à réfléchir sur le parti à tirer de la situation. La présence des deux autres voyageurs, dont l'un était si parfaitement connu, avait un peu dérangé ses projets, non pas qu'il eût tiré de ce fait, dû peut-être au simple hasard, une conclusion en faveur de l'innocence du major ; mais l'idée d'une complicité possible lui était venue à l'esprit, entre mille autres idées qui le troublèrent. Les preuves de talent que venait de donner Josiah le rassurèrent sur la façon dont le saltimbanque pourrait agir, au cas où il surprendrait chez les deux voyageurs restés en route, quelque chose de nature à les compromettre. Il ne craignait de la part de Josiah qu'un excès de zèle.

Le plan de Foreign avait été, d'abord, d'accompagner Walter jusque chez son oncle, et là, d'étudier toutes ses actions, son attitude, ses gestes, ses émotions dans la maison. Puis il redouta quelque indiscrétion de la part de War ou d'Alice, et pensa que le plus court était d'approfondir la question, et de trancher le fait de l'innocence ou de la culpabilité de Walter, en recourant aux plus prompts moyens.

De Grafton, où la diligence s'arrêtait, jusqu'aux

Cinq-Chênes, il y avait un demi-mille environ. Foreign, sans que cet ordre parût émouvoir son compagnon, commanda au conducteur de le descendre à la prison de la ville. Arrivé là, il invita impérieusement Walter à descendre. Force fut à celui-ci, tout en protestant, d'obéir à l'injonction de Foreign, secouru par cinq ou six gardiens de la geôle, le revolver au poing. Walter, indigné d'abord, montra un étonnement profond en apprenant le double crime commis aux *Cinq-Chênes*, et tomba dans un étonnement plus grand encore, lorsqu'il sût que tous les faits recueillis par l'enquête, et jusqu'à sa dernière démarche au bureau de police à Boston, s'accordaient à le désigner comme le coupable.

Foreign avait presque partagé les sentiments de colère et de honte qui animèrent Walter se voyant prisonnier, accusé d'un assassinat et d'un vol. Mais les dernières illusions de l'officier de police tombèrent devant les plus évidentes preuves de la culpabilité de Repton. On venait de trouver sur lui la pièce d'or ancienne spécialement désignée par Alice.

Foreign se cacha le visage dans ses deux mains, et s'écria :

— Ah ! Monsieur Repton, qu'avez-vous fait là !

Comme si toute la vie s'était retirée de lui en un instant, Walter tomba dans un état d'affaissement complet, que l'on accepta pour un aveu arraché à l'évidence.

Foreign, quelque instance qu'y mit Walter, refusa de le conduire aux *Cinq-Chênes*, afin d'épargner au docteur et à sa fille une navrante entrevue.

Dix minutes après, Repton était livré à la cour criminelle et il fallut recourir à un renfort de la police pour l'arracher à la sommaire et populaire application de la loi de Lynch. La populace ameutée devant la geôle semblait ne vouloir pas abandonner sa proie.

Rien ne saurait rendre le désespoir du pauvre docteur, quand il apprit le redoutable dénouement de l'enquête. La dernière preuve du crime trouvée en la possession de Walter, et qui établissait d'une manière si péremptoire sa culpabilité, produisirent sur War l'effet d'un coup de massue. Il fut naturellement mandé à Grafton. Pour la première fois, après une séparation de dix-sept ans, il se trouverait en présence de ce neveu, de ce fils pourrions-nous dire, et c'était un assassin et un voleur qu'il allait revoir.

Lorsque la porte s'ouvrit et que le jeune officier apparut, le visage décomposé, le pas chancelant, la poitrine oppressée, soit illusion, soit intuition naturelle, War le vit comme entouré de cette majesté calme que donne l'innocence. Il saisit Walter dans ses bras et le couvrit de caresses.

— Mon oncle, mon père, — murmura le jeune
homme d'une voix étouffée par ses sanglots — je
vous jure que je suis innocent !

War ne put prononcer une parole, et répondit
à ce cri qui le pénétra jusqu'au fond du cœur, par
un redoublement de tendresse.

Le juge qui assistait à cette scène, détourna la
tête pour cacher son émotion. Enfin il posa à War,
pour la forme, cette question :

— Reconnaissez-vous l'accusé pour votre neveu ?

— « Je ne vois en lui, — répondit War, que
l'enfant que j'ai élevé, qui m'avait juré, en me
quittant, d'être un honnête homme pour toujours...
et que j'ai aimé de toutes les forces de mon âme. Il
m'est impossible de voir en lui autre chose, et je
ne saurais reconnaître dans cet enfant d'autrefois
le criminel que vous allez condamner !...

Le procès public de Walter fut fixé à la semaine
suivante ; et devint le bruit dominant de toutes les
conversations. C'était à qui serait le plus impitoyable, et à qui serait le plus indulgent à l'accusé. Ah !
les sentences du monde ont toujours le tort de devancer les arrêts de la justice. Que d'innocents on
a flétris à l'avance, et que l'acquittement des tri-
bunaux n'a pas toujours acquittés devant l'opinion
publique !

Les épaisses murailles des *Cinq-Chênes* et les

verroux des portes furent à peine un obstacle contre les clameurs qui y venaient battre, et dont les
éclaboussures volaient jusqu'aux oreilles du vieux
War et d'Alice. Celle-ci avait déjà pris le deuil
dans son cœur et sur ses vêtements.

VII

Quelques instants après l'entrevue dont nous
venons de parler entre War, son neveu et le juge,
Foreign reçut de Josiah un laconique billet conçu
en ces termes :

« *Accourez sans perdre une minute.* »

Foreign retrouva Josiah à l'auberge où il l'avait
laissé l'avant-veille, dégrisé complétement et lié,
d'après ce qu'il lui dit, d'une intimité de vingt
ans avec ses deux compagnons de stage. Josiah en-
traînant ensuite Foreign à l'écart :

— Le major Repton est-il déjà pendu ? lui demanda-t-il.

— Non, pas encore, Dieu merci !

— Ah ! tant mieux, soupira Josiah ; car je tiens
les vrais coupables. Ils sont ici ; je les connais ; ce
sont nos deux camarades de la diligence.

— Si cela est vrai, Josiah, vous aurez fait là un
coup de maître et une bonne action qui vous vau-

dront une fameuse récompense. Voyons, expliquez-moi l'affaire.

— Vous vous rappelez l'état apparent dans lequel vous m'avez quitté avant hier. Le soir, après votre départ, nos deux *boys*, attablés devant un copieux souper arrosé de bonnes libations, et me croyant réellement ivre-mort, laissèrent échapper, en ma présence, qui ne leur inspirait aucune inquiétude, quelques paroles où je pris l'éveil. Je laissai venir la nuit, et les jugeant un peu émus par l'action du vin qu'ils n'avaient pas épargné, j'eus recours à mon art dans lequel vous avez si peu de foi....

A tout autre moment, Foreign eut haussé les épaules : mais il avait un si vif désir de trouver Walter innocent, qu'il s'accrocha des deux mains à cette branche pourrie que lui tendait Josiah.

— Après ? demanda-t-il avec une inquiète curiosité.

— Je *ventriloquai* la voix de Sarah, reprit Josiah ; je poussai quelques plaintes, quelques cris de douleur... Je ne saurais vous peindre l'agitation de mes deux *boys* qui vinrent jusqu'à se pencher sur mon corps pour s'assurer si je ne rêvais point par hasard... Je répondis à leur examen par un de ces ronflements d'ivrogne, vous savez, qui n'ont ni queue ni tête ; et en même temps je lançai deux ou trois cris qui parurent partir de l'autre extrémité de la pièce. C'était là un indice pour moi. Cela me suffisait déjà ; je vous écrivis, alors, le billet que vous avez reçu.

Les bras de Foreign lui tombèrent le long du corps. La branche à laquelle il s'était accroché lui manquait.

— Le diable soit de vous, Josiah, murmura-t-il, de me donner tant d'espoir, d'abord, pour me plonger ensuite dans un abîme.

— Ah ! si vous croyez que c'est là tout ! murmura Josiah ; je vous écrivis pour ne point perdre de temps, car j'étais certain, déjà, de mon succès. Au milieu de la nuit, que mes deux hommes passèrent à boire, et moi à feindre toujours d'être ivre-mort ; je renouvelai mon expérience ; mais cette fois, sur une grande échelle, si j'ose dire : je jouai la scène entière de l'assassinat et du vol avec un bonheur de perfection que je n'avais jamais encore atteint. Ils ont dû voir Sarah leur apparaître, Monsieur Foreign ; ils ont dû voir son cadavre sanglant, sentir ses lèvres les effleurer. Ils ont dû l'assassiner une seconde fois, car jamais terreur ne fut égale à celle de ces deux hommes, et l'un deux s'est même évanoui... celui que vous aviez cru reconnaître au bureau de la diligence. Je vous dis que ces deux misérables sont les meurtriers de ma pauvre Sarah. Et si, après cette terrible épreuve, ils ne se sont pas enfui d'ici, c'est qu'ils ont caché dans le voisi-

10.

nage le produit de leur vol et qu'il leur faut le temps de l'enlever.

Josiah avait mis dans le récit qu'il venait de faire à Foreign un tel accent de conviction, un tel enthousiasme, que celui-ci se sentit ébranlé dans son doute.

— Maintenant, lui dit emphatiquement Josiah, faites votre devoir !

Si peu concluantes que fussent pour lui les preuves dont Josiah venait de lui étaler l'irréfutable évidence, Foreign résolut de tenter l'aventure, et en payant d'audace, d'arracher aux deux suspects l'aveu de leur crime, s'il y avait lieu.

— Où sont ces deux hommes ? demanda Foreign.

— En ce moment, l'un deux est à la recherche d'un cheval et d'une voiture ; l'autre déjeune.

Foreign réfléchit un moment, et dit :

— Allons !

Josiah demeura à quelques pas hors de la maison pour faire bonne garde, et Foreign entra dans la pièce où déjeunait, seul, l'homme que l'officier de police reconnut parfaitement, et dont il se rappela le nom tout à coup. Il marcha droit à lui, et sans ménagement lui plaça un revolver sur la poitrine.

— Stapples, lui dit-il, vous comprenez, mon garçon, qu'il est temps que cette farce finisse. Pas un mouvement, pas un cri, ou je fais feu !

Stapples qui avait reculé sa chaise, ne bougea plus, et des gouttes de sueur grosses comme le petit doigt ruisselèrent sur son visage décomposé.

— Vous avez dérobé, continua Foreign, le portefeuille et la bourse du major Walter Repton pendant la traversée de New-York à Philadelphie; dans ce portefeuille était une lettre dont vous vous êtes servi pour vous substituer à sa personne, après l'avoir éloigné de Philadelphie, et vous vous êtes revêtu d'un uniforme semblable au sien. Vous vous êtes introduit aux *Cinq-Chênes*; vous avez assassiné Sarah; vous avez dévalisé la maison du docteur War, et vous avez, hier, pendant notre voyage en diligence, glissé dans la poche de M. Repton une pièce d'or.

Le malheureux Stapples eût bien voulu pouvoir s'imaginer qu'il entendait de nouveau cette voix qui avait si fort troublé sa conscience; mais, cette fois, la réalité palpable se présentait à lui sous la forme d'un revolver dont les huit gueules baillaient devant sa poitrine. Il n'y avait plus d'illusion possible. Le ton d'autorité avec lequel Foreign lui avait adressé la parole, la surprise, l'émotion inséparable de la vue du revolver, ne lui laissèrent pas le temps de chercher un mensonge. Tremblant, pâle, consterné, il se prit à balbutier :

— Non!... non!... ce n'est pas moi qui ai tué Sarah!... Ce n'est pas moi qui....

Foreign ne le laissa pas achever.

— Si ce n'est pas vous, reprit-il ; c'est votre camarade. Avouez, et il vous sera tenu compte de votre sincérité.

Stapples, toujours sous l'influence de l'arme,
confessa qu'il était le complice, mais que l'auteur
de l'assassinat était en effet son camarade. Celui-ci
rentra cinq minutes après, pour se jeter dans le
piége qui l'attendait. Stapples raconta dans tous
ses détails la comédie dont la trame avait été si bien
ourdie, qu'il s'étonna qu'on eût pu la découvrir. Il
tomba en ébahissement, en apprenant à quelle ruse
de Josiah la vérité était due.

C'était lui, Stapples, qui avait dérobé à Walter
sa bourse et son portefeuille. La lettre de War, à
son neveu, ayant appris à la bande des voleurs as-
sociés la longue absence du major et partant l'im-
possibilité pour personne de le reconnaître, ils
avaient, séance tenante, organisé le plan si heureusement exécuté jusqu'alors. D'une filouterie vulgaire, ils avaient fait une comédie habilement jouée,
en se distribuant les rôles. L'un d'eux avait emmené
Walter Repton hors de la route de Boston pendant
quatre jours, sous le prétexte que l'on connaît déjà.
Le camarade de Stapples avait pris un costume
identique à celui de Walter, et muni de la lettre de
War, s'était introduit aux *Cinq-Chênes*, avait assassiné Sarah et avait fait le change à Suffolk Bank.

Quant à lui, Stapples, il avait aidé à dévaliser la maison, et il indiqua le lieu où son complice et lui avaient enfoui l'or et l'argenterie du docteur War. Enfin, c'était également lui qui, la veille, avait adroitement glissé, dans la poche de Walter, la petite pièce d'or ancienne qu'ils avaient très-bien jugé devoir être considérée comme une pièce de conviction.

Les aveux de Stapples révélèrent le mystère de l'accident où le sénateur Thomas Redwood avait trouvé la mort, et auquel personne ne pensait plus. Un autre de leurs complices avait tendu ce piége contre le docteur et non contre celui qui y fut pris. La lettre de War à son neveu les ayant renseignés sur les motifs qui retardaient d'un jour l'arrivée du docteur aux *Cinq-Chênes*, ils avaient dû prévoir le cas de non réussite de leur part, à la première tentative, et ils avaient dû songer à empêcher ou à éloigner le retour de War chez lui. Une erreur de leur complice avait rendu Thomas Redwood victime de ce guet-apens.

VIII

Quand le peuple en Amérique se met en tête de faire jouer la corde et la potence dont le célèbre juge Lynch lui a décrété le droit souverain, il lui

faut une victime ; cette fois il en eut trois. Les
forces armées qui avaient arraché si heureusement
l'innocent Repton des mains de la populace, opposèrent moins de résistance quand il s'agit de l'assassin de Sarah et de ses deux complices, qui furent
pendus aux portes mêmes de la prison de Grafton. Stapples eut le bénéfice de ses aveux, au delà
de ce que la justice aurait voulu lui permettre.
Le juge l'acquitta en lui ouvrant les portes de
la prison et en favorisant son évasion vers un des
États de l'Ouest, où je doute qu'il ait fait honnête
souche.

Josiah, largement récompensé par la famille du
docteur, devint d'un pédantisme insupportable à
l'endroit des avantages et de l'influence de *l'art
de la ventrilogie.* Il rêva, pendant longtemps, à
édifier sur ce sujet tout un système politique et
social. « L'avenir des nations, disait-il, est là. » On
ne sait à quoi attribuer qu'il n'ait pas exécuté ses
vastes plans, dans un pays où toute théorie a
chance d'être au moins écoutée.

LORA

I

Un soir d'été de l'année 1786, devant la porte
d'une petite ferme située au fond de la vallée de
Barrington, dans l'État de Massachusetts, se trouvait un groupe composé de quatre personnages,
sans compter un respectable cheval, sellé, bridé,
immobile, le cou tendu et l'œil demi-clos, attendant que mistress Lambson, une femme d'âge
moyen et presque belle encore, eût monté sur son
dos. Elle y était aidée par son fils Harry, un jeune
garçon de seize ans, dont le teint hâlé, les mains
larges et fortes, l'encolure hardie, attestaient la
la vie active et libre qu'il menait à la ferme. Sur
le seuil de la porte se tenait une jeune fille de douze
à treize ans, nommée Lora.

C'était la nièce de mistress Lambson, une orpheline, mais qui, grâce aux soins et aux tendresses

maternelles dont sa tante l'entourait, n'avait pu s'apercevoir de son isolement dans le monde. Lora était une enfant merveilleusement belle ; ses sourcils bruns tranchaient d'une façon charmante sur sa peau d'une admirable blancheur ; son teint, chose rare chez les femmes de ce pays, était légèrement coloré ; ajoutez à cela des yeux du bleu le plus poétique et une chevelure noire qui ruisselait en boucles fines sur un cou un peu ombré par les caresses du soleil. A côté de Lora, se trouvait un jeune homme du village voisin, Francis Graham, grand et beau garçon du même âge qu'Harry et son meilleur ami, bien que, sous le rapport de la fortune, il y eût un abîme entre eux.

Francis était occupé, à ce moment-là, à expliquer à la jeune fille le mécanisme d'un fusil à deux coups qu'il tenait à la main. Lora passa sans crainte ses doigts sur le canon, et lâcha la détente de l'arme.

— Lora ! Lora ! s'écria mistress Lambson, qui venait de prendre place sur son vénérable palefroi, ne joue pas ainsi.

— Il n'est pas chargé, tante, répliqua l'enfant sans se déconcerter.

— Cela n'y fait rien, petite ; les fusils sont toujours dangereux. Défunt votre oncle, mon pauvre mari est mort à la guerre, et depuis ce temps-là j'ai toujours eu peur des armes à feu.

— O tante! vous répétez sans cesse la même chose. Jugez, Francis, ajouta-t-elle en se retournant vers Graham, l'autre jour je m'amusais à poursuivre un chien avec le fusil d'Harry, dont il ne reste plus que le bois : le canon et la batterie ont été démontés, vous savez : eh bien! ma tante voulait me retirer ce bâton des mains, sous prétexte qu'on ne sait pas ce qui peut arriver avec les fusils !...

Les trois enfants éclatèrent de rire, et la bonne dame fut bien obligée de se mettre de la partie, tout en répétant :

— Vous êtes trop hardie avec les armes à feu, petite. Harry, continua-t-elle, mets Lora à cheval à côté de moi.

Les trois jeunes gens qui avaient, de leur côté, projeté une petite excursion, intercédèrent auprès de mistress Lambson pour que Lora fût dispensée de l'accompagner ; après mille résistances vivement combattues, la bonne dame finit par se rendre, selon son habitude, aux désirs de ses trois tyrans, comme elle les appelait.

Une fois mistress Lambson partie, les trois jeunes gens se mirent en route, remontèrent le long d'une petite rivière et gagnèrent un bois où ils espéraient bien trouver du gibier. Après une excursion d'une heure environ, ils s'en retournaient fort désappointés, lorsque Lora, qui courait en avant, fit signe à ses deux compagnons de marcher bien doucement, et leur montra du doigt une alouette cachée dans le feuillage d'un arbre. Harry leva son fusil, le coup partit, et l'oiseau tomba aux pieds de Lora, qui en le ramassant se prit à sangloter, et le pressant sur son cœur :

— C'est bien mal ! c'est cruel cela ! s'écria-t-elle.

— Que te prend-il donc aujourd'hui ? demanda Harry. Tu nous as vu tuer déjà des centaines d'oiseaux sans t'émouvoir, et...

— C'est vrai, répliqua l'enfant, mais je ne les avais jamais tenus chauds et respirant encore entre mes mains ; celui-là chantait quand tu l'as tué, et puis, c'est moi qui en suis la cause...

Francis et Harry ne purent se défendre de plaisanter Lora sur ce mouvement de sensibilité.

— Vous n'auriez pas éprouvé plus de chagrin de la mort de l'un de nous, dit Francis.

— Si l'un de vous était tué, murmura Lora en sanglotant toujours, je mourrais aussi, moi !

— Non pas, lui dit gravement Harry, si l'un de nous mourait, Lora, tu devrais vivre pour consoler l'autre.

Cette parole simple, et à coup sûr bien insignifiante en ce moment-là, parut faire une profonde impression sur Lora, car ses larmes s'arrêtèrent tout à coup ; elle regarda ses deux compagnons de jeu avec une sorte d'étonnement et leur tendit la main sans prononcer une parole. Il y avait dans ce mouvement comme un serment instinctif et secret.

Ils reprirent leur promenade, et arrivèrent devant un petit bras de rivière presque desséchée. Au lieu de faire un long détour pour gagner le pont, ils résolurent de le traverser à gué.

— Lora, dit Francis en s'agenouillant, montez sur mes épaules, je vous ferai passer la rivière à pieds secs.

Lora rougit, baissa les yeux et répondit qu'elle préférait que son cousin la portât.

— C'est juste, répondit Harry, tu es sous ma protection.

Mais la jeune fille ayant remarqué que le visage de Francis s'était comme assombri devant le refus qu'elle venait de lui faire :

— Au fait ! s'écria-t-elle, j'aime mieux traverser la rivière sans l'aide de personne ; et après s'être retournée pour envoyer un gracieux sourire et un geste d'adieu à ses deux amis, elle s'élança comme un jeune faon, sautillant de pierre en pierre, et évitant avec un art infini celles qui étaient humides. Lora était presque arrivée déjà à l'autre rive, lorsque son pied heurta contre une saillie ; elle chancela prête à tomber de côté, mais elle eut l'adresse de s'accrocher à un pan de rocher, et s'y cramponna avec force jusqu'au moment où ses deux amis vinrent à son secours.

Cet événement révéla à Harry et à Francis le
sang-froid, l'énergie, et en même temps la har-
diesse résolue de cette enfant.

Ces petits incidents de la jeunesse des trois héros de notre histoire étaient importants à faire connaître. Ils nous ont aidé à dessiner leurs caractères
et à faire pressentir le rôle à venir de chacun d'eux.

II

Six ans se sont écoulés entre le moment où a
commencé notre récit, et celui où Francis et Harry
étaient entrés réellement dans la vie pour y accomplir leurs devoirs d'hommes.

Francis, possesseur, comme nous l'avons dit en
commençant, d'une grande fortune, se trouvait en
relation avec la plus riche société du pays ; il avait
été en outre destiné à suivre la carrière du barreau.
La nature même de ses occupations aurait pu lui
faire rompre tout rapport avec les habitants de la
vallée de Barrington ; mais il n'en avait rien été.
Francis ne rencontrait dans le monde aucun plaisir
qui pût être comparé à la joie que sa venue amenait
sous le toit de la ferme, au cordial accueil de Harry,
aux bienveillants sourires de dame Lambson, et
surtout au bonheur qu'il éprouvait près de Lora.
Il faut dire, cependant, que Francis n'avait pas été

longtemps à s'apercevoir qu'il existait un germe de discorde entre lui et Harry. Il savait que Lora aimait son cousin et était aimée de lui.

Mais il était doué d'un si noble caractère et il montrait dans ses relations avec la jeune fille des dehors si francs et si gais, que personne ne soupçonna qu'il éprouvait pour Lora un tendre et profond amour. Pendant qu'il luttait contre cette passion, Harry s'abandonnait à la sienne avec toute la confiance d'une âme heureuse, et Lora, ignorant que ses affections eussent trouvé un double écho, attendait sa dix-huitième année, qui était l'époque fixée pour son mariage avec son cousin.

Le père de Harry, M. Lambson, à la fin de la guerre de l'Indépendance, au moment où les honneurs et le repos l'attendaient, avait rencontré sur le champ de bataille la mort du soldat ; laissant à son fils pour tout héritage un nom honorable, le souvenir de son dévouement à la patrie et beaucoup de dettes, que Harry, placé à la tête de la ferme, luttait énergiquement à éteindre.

Pendant la guerre, les dettes s'étaient contractées facilement ; il existait alors entre le débiteur et le créancier une sorte de trève : l'un et l'autre ne pouvaient-ils pas tomber côte à côte sur le même champ de bataille et pour la même cause ? Mais, quand vint la paix, les choses changèrent de face. Plus de trève, plus d'enthousiasme ; — l'intérêt prit le dessus.

L'avidité des créanciers était excessive, et la loi, rigoureuse jusqu'à la démence, si on peut le dire, favorisait même des actes de barbarie.

Vers l'année 1786, si cruelles devinrent les poursuites, tant d'atrocités et d'injustices furent commises, que les débiteurs se liguèrent contre les créanciers. Une immense insurrection éclata dans le Massachusetts, théâtre principal de ces énormités. On appela cette insurrection la *guerre de Shay*. En raison de son origine, elle prit un caractère politique et divisa pendant un moment la société américaine en deux camps bien tranchés : d'un côté, les riches ; de l'autre, les pauvres et les ruinés.

Le mauvais état des affaires de Harry Lambson le poussait naturellement à se ranger dans cette dernière catégorie, qu'on qualifiait ouvertement de partie des insurgés, tandis que Graham devenait au contraire ce qu'on appelait un des *défenseurs des cours*, c'est-à-dire de la loi.

Par malheur, les nombreuses occupations de Francis le retinrent pendant quelques semaines éloigné de la ferme; et Harry, privé de ses bons conseils, se trouvait vivement sollicité par les chefs les plus influents de l'insurrection. Il faut bien dire aussi qu'il était en proie à d'immenses embarras pécuniaires. Aussi longtemps qu'il le put, Harry dissimula ses inquiétudes à sa mère ; mais bientôt la triste vérité de sa situation devait apparaître. Un jugement venait d'être rendu contre lui, sa ferme allait être saisie et lui traîné en prison, à moins qu'il ne s'acquittât envers un certain Seth-Warner, son créancier.

Un soir, il revint désolé à la maison, après avoir passé tout un jour absent. En rentrant, il s'assit dans un coin du foyer, sans prononcer une seule parole. Sa mère était seule. Elle lui dit, après avoir hésité :

— Eh bien ! mon pauvre enfant, tu n'as donc pas réussi ?

— Non, ma mère.

— T'es-tu adressé à Francis ?

— Non !...

Et cette fois il prononça le monosyllabe avec une sorte d'impatience irritée.

— Tu as eu tort, Harry, reprit mistress Lambson ; Francis est un ami sûr... et c'est pendant les mauvais jours...

— Francis était mon ami, mère, il ne l'est plus ; répliqua le jeune homme en se levant.

— Comment ?

— Aujourd'hui, Francis ne s'occupe plus que de poursuivre les pauvres diables qui, comme moi, défendent leurs biens ; ils les poursuit la loi d'une main, comme avocat, et le fusil de l'autre, comme capitaine de la milice. C'est lui qui a arrêté l'autre jour le fils de Willy, et l'on dit que le malheureux va être pendu pour les dettes de son père ... Oh ! il n'y a plus ni merci, ni justice à attendre de ces gens-là !

Harry avait prononcé ces paroles avec une telle exaltation que sa mère ne put s'empêcher de s'écrier :

— Harry, tu as été écouter les prédications des rebelles de Shay ; mais tu ne songes point à te joindre à eux, n'est-ce pas ? D'ailleurs, ce serait une folie, maintenant : ils sont battus de tous côtés, et ils fuient comme des volées d'oiseaux devant le général Lincoln.

— Pardon, ma bonne mère, fit Harry en interrompant mistress Lambson, ne parlons pas de cela, s'il vous plaît... et d'ailleurs j'entends des pas à la porte.

En ce moment entra Francis, tenant à son bras Lora. Le visage de Harry se contracta sous un effort de colère.

— Quoi de nouveau, Harry ? dit Francis en lui tendant affectueusement la main. Tu étais donc sorti aujourd'hui, car je t'avais fait dire de venir me joindre à mon *office* (cabinet) et tu n'est pas venu ?... Tu as eu tort.

Harry ne répondit que vaguement et avec un accent fébrile. Il était si préoccupé. qu'il ne vit même pas le signe d'intelligence que Francis et Lora échan-

gèrent en ce moment. Deux ou trois fois Graham essaya d'attiser la conversation ; la froideur de Harry
l'éteignait aussitôt. Ce que voyant, Francis prit le
parti de se retirer en disant :

— Allons ! allons ! Harry, tu es sourd, fou, et
muet, tout à la fois... A plus tard, alors.

Et il sortit.

Lora s'approcha de son cousin, et appuyant son
gracieux bras sur son épaule.

— Harry, lui dit-elle, qu'as-tu donc ce soir ?

— Rien, répondit-il froidement, en tressaillant
au contact de Lora et au timbre de sa douce voix.

— Tu ne sais pas, reprit la jeune fille, que madame Graham nous a promis un bal pour le 27,
c'est-à-dire dans dix jours, si le général Lincoln se
trouve ici comme tout le fait espérer.

Les poings de Harry se crispèrent, et il se mordit
les lèvres jusqu'au sang.

— Cela te fait-il plaisir ? continua Lora.

Harry se dégagea de la pression de la jeune fille,
et un sourd grognement de colère monta à ses lèvres,
en même temps qu'une pâleur mortelle couvrit son
visage.

— Oh ! je trouverai peut-être le moyen de me faire
comprendre, murmura l'infatigable Lora en revenant se placer à côté de son cousin. Tu oublies donc,
reprit-elle, que c'est le 27 le jour anniversaire de
ma naissance ?

11

— Je songeais en effet à cette date, où tu auras dix-huit ans! Et ma bonne mère, en la fixant pour la célébration de notre mariage, ne pensait pas que ce jour-là pourrait être, au contraire, un jour de larmes et de deuil.

— Mais, cousin, s'écria Lora en pâlissant à son tour, cousin, tu as les *bleus* ce soir... Tante Lambson, qu'est-il donc arrivé à Harry ?

— Mon enfant, répliqua la bonne dame en s'efforçant de dissimuler les sanglots qui étouffaient sa voix, Harry a des chagrins que je ne sais pas ; mais qu'importe, vous vous marierez le 27 ; c'est de mauvais augure de remettre les mariages.

— Dieu sait où je serai le 27, murmura Harry en passant la main sur ses yeux gonflés de larmes.

Et après avoir serré les mains de Lora et de sa mère, il sortit, laissant les deux femmes en proie aux plus sombres pensées.

III

Pendant les jours qui suivirent, la tristesse et les préoccupations du jeune fermier ne firent qu'augmenter. Il passait presque toutes les journées, et une partie des nuits mêmes, hors de la maison. Mistress Lambson, à qui n'échappait point cette conduite de son fils, éprouvait de secrètes anxiétés dont elle ne faisait point part à Lora. Enfin, le 25, Harry ne rentra que fort avant dans la soirée, et il alla s'enfermer dans sa chambre sans que personne, excepté sa mère, ne l'eût vu ni entendu revenir. Mistress Lambson ne tarda pas à le rejoindre.

— Ah! mon cher fils, lui dit-elle en l'embrassant, que je suis aise de te revoir! Francis t'attend ici depuis midi, et il t'attend encore.

— Oh! il peut m'attendre sans que mon absence lui paraisse trop longue, Lora est avec lui!...

Harry prononça ces paroles sur un ton de moqueuse colère que mistress Lambson ne parut pas comprendre, car elle ajouta bien vite :

— Lora paraît joyeuse de quelque bonne nouvelle que Francis lui a rapportée ; mais elle n'a pas voulu me la dire. Tu vas venir les retrouver ?...

— Certes non!

A ce moment, les voix de Graham et de Lora se firent entendre en joyeuses fanfares de rires. Harry fronça le sourcil, et se levant brusquement il répondit aux nouvelles instances de sa mère en la priant de le laisser seul. Il ferma à clef la porte de sa chambre, espérant en interdire l'entrée aux rires des deux jeunes gens, qui semblaient le narguer et lui déchiraient l'oreille.

Un quart d'heure après, la bonne mistress Lambson venait frapper à la chambre de son fils :

—Harry ! lui cria-t-elle, si tu es couché lève-toi ;
car voici une lettre que Francis a laissée pour toi ;
et, à son impatience à te la faire tenir, je gagerais
qu'elle contient quelque bonne nouvelle.

—Je n'y compte pas ; mais voyons cependant...

Mistress Lambson glissa un papier par-dessous
la porte et se retira. Harry décacheta le billet et
lut ce qui suit :

« Moi, Francis Graham, avocat, je somme Harry
Lambson de comparaître sans retard, et dès demain, en mon *office*, au nom de Seth-Warner, qui
y a déposé ses titres de créance sur la ferme de
Lambson. »

— Et c'est pour cela qu'il est venu ! hurla Harry
en frappant un vigoureux coup de poing sur la table devant laquelle il était... Oh ! le lâche ! le lâche !

Et il se prit à pleurer comme un enfant. Il se
rappela alors la confidence que lui avait faite un des
chefs de l'insurrection sur la trahison de Graham,
qui était parvenu, lui avait-on dit, à se faire
aimer de Lora. Harry avait d'abord repoussé une
pareille accusation ; il n'y avait vu qu'un moyen
employé par les insurgés pour l'arracher à ses hésitations et l'entraîner dans leurs rangs. Mais cette
sommation de Francis était une preuve évidente :
le jeune avocat le poursuivait afin de se débarras-
ser de lui et de ne plus rencontrer d'obstacle à la
possession de Lora.

— Oh ! je me vengerai ! murmura Harry.

De ce moment, sa résolution fut définitive. Il se leva bien avant le jour et sortit furtivement de la maison.

En passant devant la chambre de Lora, il s'arrêta un instant, d'abord attendri ; puis le souvenir de la trahison dont il était victime lui arracha un cri de rage, et il s'enfuit en courant.

A son réveil, mistress Lambson trouva ce billet crayonné de la main de son fils :

« Chère bonne mère, la lettre de M. Graham a été la dernière goutte versée dans le calice de mes douleurs. Je n'ai pu supporter une pareille insulte de la part d'un homme qui fut mon ami. Il était, dans ma pensée, le dernier qui dût invoquer les lois contre moi. Je crois, ma mère, que le parti que je prends est juste devant Dieu et devant les hommes ! Si je meurs, priez pour moi et pardonnez moi ! »

— Lora ! Lora ! appela la bonne dame. Et tendant le billet à la jeune fille, elle tomba suffoquée sur un siége.

— Oh ! cruelle méprise ! s'écria Lora. La lettre de Francis n'était qu'une plaisanterie. Francis a, au contraire, pris des arrangements avec Seth-Warner ; il a payé la dette de Harry, et, hier au soir, il a jeté au feu toutes les créances devant moi...

— Mais il est parti, Lora ; il est parti pour aller se joindre aux insurgés ! Que Dieu ait pitié de nous !

Pendant que la bonne mistress Lambson, à genoux, la face collée contre la muraille, priait et sanglotait, Lora, dont nos lecteurs n'ont pas oublié l'admirable sang-froid sur les rochers du fleuve, se montra digne de ce trait de son enfance, c'est-à-dire se montra femme de résolution et de tête.

— Il n'y a encore que Francis qui puisse nous sauver, se dit-elle.

Et laissant sa tante dans les larmes, elle se rendit chez madame Graham.

Elle expliqua rapidement au jeune avocat la terrible méprise qu'avait causée sa lettre. Pendant que Francis réfléchissait aux moyens de sauver Harry, un bruit de pas de chevaux et des hurlements furieux se firent entendre au dehors. Lora aperçut alors une troupe de cavaliers qui traversaient le village. A la branche verte qui se balançait au-dessus de la tête des chevaux, elle reconnut que c'était une bande de *shaysistes*. Elle poussa un cri de joie, auquel répondirent, comme un fatal écho, ces paroles de Graham :

— Je suis perdu !

— Perdu ? demanda Lora, et pourquoi, si Harry est parmi eux ?

— Il n'y est point, répondit Francis. Depuis ce matin, je suis poursuivi par cette meute de scélérats qui ont juré de me pendre. Mais je leur vendrai chèrement ma vie.

Et malgré les prières de Lora et de madame Graham, Francis s'élança dans les rangs des insurgés, et après un combat acharné, mais impossible, il resta prisonnier entre les mains des *shaysistes*.

Lora, à la vue de Francis captif, sentit naître en elle une nouvelle et indicible énergie. Elle prit les deux mains de madame Graham dans les siennes et lui dit :

— Ne pleurez pas, pauvre mère, priez pour lui et pour moi, je veux le sauver !

— Que comptez-vous faire, Lora ?

— Aller là où se trouvent mon cousin et mon ami.

— Oserez-vous vous mêler à ces brigands ? Lora, vous ne sortirez pas, je vous le défends.

— Je ne crains rien, répliqua la courageuse jeune fille ; je me ferai respecter, parce que je suis la fiancée de Harry et quand j'aurai retrouvé Harry, je sauverai Francis.

IV

Lora sortit de la maison, et alla s'informer, d'abord, du lieu où les insurgés s'étaient donné ren-

dez-vous. Elle apprit qu'ils se dirigeaient à douze
milles de là, sur Sheffield où ils attendaient des renforts pour résister à un corps considérable de milice qui s'avançait sous les ordres du général Lincoln. Elle fit seller un des chevaux de Francis,
se jeta un manteau sur les épaules, et partit au galop dans la direction de Sheffield. Le gros des
insurgés, à l'exception de quelques traînards,
avaient déjà bien de l'avance sur Lora. Enfin, au
détour d'un sentier, elle entendit des voix qui chan-
taient et parlaient haut. La jeune fille trembla un
moment ; mais elle se remit bientôt en reconnaissant parmi ces voix celles de quelques voisins de la
ferme de Barrington. Elle lança son cheval au
milieu de la troupe, et abordant le commandant
du détachement :

— Monsieur Adams, lui dit-elle avec un air plein
de douceur, c'est la fille d'un de vos vieux voisins
qui réclame votre protection jusqu'à Sheffield.

Lora Caméron ! s'écria M. Adams, vous ici, allant à Sheffield au milieu de la nuit, seule ! que si-
gnifie cela ?

— Parbleu ! dit un des hommes qui accompa-
gnaient Adams, elle court après le bien-aimé de son
cœur.

— Votre cousin Harry ?

— Que non ! reprit l'autre, M. Francis Graham.

— C'est vrai, continua un second, j'ai entendu

le capitaine Hamlin dire à Harry Lambson que tout le monde savait que le riche et élégant avocat vous avait enlevée à lui.

— Ils en ont tous menti ! répliqua Lora d'une voix tremblante de colère, mais non de crainte. Mon cœur et ma main appartiennent à mon cousin Harry, et puisque vous êtes assez lâches pour m'injurier, je poursuivrai seule ma route.

Elle s'apprêtait à lancer son cheval, qu'Adams arrêta par la bride.

— Doucement, miss Lora, dit celui-ci, nous ne sommes pas aussi méchants que vous croyez, et si réellement vous aimez votre cousin Harry, nous vous ferons bonne garde.

— Je le jure, répondit la jeune fille.

Le courage, l'énergie et le sang-froid de cette enfant imposèrent à ses grossiers compagnons de route. Adams lui assura sa protection ; le reste de la troupe changea tout aussitôt de ton et d'attitude à son égard ; et jusqu'à Sheffield, il traitèrent Lora avec autant de respect que si elle leur avait été confiée par Harry lui-même.

Ils s'arrêtèrent dans une ferme, à un demi-mille à peine en deçà de Sheffield. En entrant dans la maison, Lora promena un regard rapide au milieu de la foule ; elle n'aperçut ni Harry ni Francis. On la conduisit dans une chambre attenante à la pièce principale. Elle colla son oreille contre la cloison, et regarda à travers les fissures de la porte ; mais elle n'entendit rien que le chant des rebelles et le bruit de leurs armes. Lora passa une triste nuit. Le lendemain était le 27, l'anniversaire de sa naissance et le jour fixé pour son mariage. Elle se rappela alors les sombres paroles de Harry : « Dieu sait où je serai le 27 ! » Était-ce une prophétie ? A ce souvenir, la pauvre enfant éclata en sanglots.

Le jour vint, mais, hélas ! pour accroître les inquiétudes de Lora. Les insurgés avaient reçu l'avis de la marche et de la prochaine arrivée du général Lincoln ; on se prépara donc au combat. Les *shaysistes* se rangèrent en bataille, dès qu'ils entendirent dans le lointain les sourds roulements du tambour.

Harry n'était point là, et Lora faisait du fond de l'âme des vœux pour que l'attaque commençât avant qu'il arrivât ; mais la pauvre enfant poussa tout à coup un cri d'horreur et devint blanche comme un marbre en voyant les rebelles, par un cruel stratagème, placer les prisonniers devant eux pour s'en faire un rempart ou pour intimider les assaillants ; et elle faillit s'évanouir en apercevant Francis debout, ferme, immobile, les bras croisés, servant de bouclier à ses lâches ennemis.

Enfin les troupes de Lincoln apparurent, l'avantgarde les reçut par un feu bien nourri. Au bruit de la fusillade répondirent des hurlements partis de l'autre côté de la route : c'étaient des renforts marchant sous les ordres de Harry et qui attaquaient les troupes par les flancs. En apercevant son cousin, Lora courut au-devant de lui, à travers la pluie des balles :

— Harry, Harry ! s'écria-t-elle, ils ont placé les prisonniers devant eux ; Francis est là, Francis, notre ami à tous deux ; sauve-le...

Harry sentit son cœur glacé. La haine, la jalousie, l'amour, la pitié, tous les sentiments l'émurent à la fois.

Il détourna la tête pour cacher une larme qui brillait dans ses yeux.

— Oh ! elle l'aime donc bien ! se dit-il ; mais qu'importe, pas de lâcheté !

Il confia le commandement de sa troupe à son lieutenant et se dirigea sur le lieu du combat : voyant qu'il était trop tard pour changer les dispositions, puisque l'attaque était déjà commencée, il se jeta au-devant de Francis.

Ce ne fut qu'au moment où le général Lincoln commença l'action qu'il s'aperçut du barbare stratagème des insurgés. Mais le sévère devoir du soldat l'emporta sur les sentiments de l'homme ; et les larmes aux yeux, il cria à ses troupes :

— Feu ! mes enfants, et que Dieu ait pitié de leurs âmes !

C'était précisément alors que Harry se jetait gé-

néreusement au-devant de son ami. Harry reçut la
balle destinée à Francis, et tomba à ses côtés. La
mêlée devint horrible, et les insurgés prirent la
fuite, pour ne se plus rencontrer jamais.

Harry, blessé mortellement, fut transporté dans
la ferme. Il n'eut que le temps d'entendre le récit
du malentendu qui avait amené ce fatal dénoûment. Plaçant ensuite la main de Francis dans
celle de Lora, il les pressa tendrement sur son
cœur, et d'une voix éteinte déjà :

— Lora, murmura-t-il, te souvient-il du jour où
tu pleuras si fort en ramassant un oiseau que je
venais de tuer? Te souvient-il qu'à ce propos je
t'avais dit, en parlant de Francis et de moi : si
l'un de nous venait à mourir, tu vivrais pour
consoler l'autre... C'est moi qui meurs, c'est
Francis qui survit... Adieu, mes chers amis... Oh!
ma mère ! ma mère ! ajouta-t-il, aimez-la tous
deux... et demandez-lui qu'elle me pardonne!...

Harry posa un regard éteint sur Lora, puis sur
Francis, fit un dernier effort pour ouvrir ses lèvres
pâles, et expira sans avoir pu articuler une parole
de plus !...

UNE VARIÉTÉ DE CENDRILLON

1

C'était en 1832, — au mois d'octobre — et le 26, je crois.

Quatre heures venaient de sonner à toutes les pendules qui marchaient d'accord sur l'horloge de la Bourse.

Je me promenais avec une impatience irritée dans mon appartement, attendant des chevaux de poste. J'étais en costume de voyage ; et une berline toute chargée de malles se pavanait dans la cour de mon hôtel. J'allais, dans quelques minutes peut-être, monter en voiture, et pourtant, — je le confesse, — j'ignorais vers quel point du globe je devais diriger ma course.

J'avais feuilleté deux atlas déjà, et quelques livres de géographie ; mais cela n'avait servi qu'à

me faire changer de résolution vingt ou trente fois.
Depuis deux ou trois secondes, cependant, je mû-
rissais le projet — qui semblait bien arrêté chez
moi — de gagner tout simplement le Havre, pour
m'embarquer à bord du premier bâtiment qui met-
trait le cap sur les grandes Indes. — Néanmoins, je
n'avais pas juré de ne point changer d'avis une
fois au Havre, — et je me sentais très-capable, en
vertu du vieux proverbe, de m'éveiller un beau
matin, à Rome, en passant par le Kamschatka, la
Havane et l'isthme de Panama.

Pour que vous compreniez bien ces étranges hésitations, je dois vous dire que depuis quelque
temps je me trouvais dans une disposition d'esprit
inexplicable à moi-même. Je tenais bien encore un
peu à la vie, mais c'était tout au juste ; et je ne savais plus à quoi l'employer, après en avoir fait, il
est vrai, un assez pitoyable usage jusqu'à l'heure
de mes vingt-six ans, qui venait de sonner, il n'y
avait guère plus d'une semaine.

La musique même, que j'avais toujours aimée
passionnément et cultivée avec quelque succès,
avait perdu pour moi tout attrait. Depuis trois
mois, au moins, mon violon, un savant et excellent
Stradivarius, dormait sur une table, couvert de
poussière, et veuf de ses cordes. — C'était là le
signe le plus certain pour mes amis, et à mes propres yeux, de la tempête morale que je venais d'es-

suyer et du naufrage d'esprit contre lequel je me débattais.

Evidemment, il manquait à mon existence quelque chose que je ne pouvais pas définir. C'est ce quelque chose que j'étais sur le point d'aller pêcher au fond du golfe de Bengale.

Mais au moment même où les chevaux de poste entraient dans la cour de l'hôtel — ce qui me donna un certain frisson — mon domestique me remit une lettre dont l'effet fut de changer mes résolutions, en me faisant tourner le dos aux grandes Indes. Cette lettre était fort laconique ; et au premier abord on ne comprendrait pas qu'elle eût pu exercer une si profonde influence sur moi. La voici d'ailleurs, on en jugera :

« Quand vous aurez le temps de songer à votre « vieille tante, mon cher neveu, vous lui enverrez « les morceaux pour piano, dont la note est ci- « jointe. »

— De la musique pour ma tante Gertrude ! — m'écriai-je — voilà du singulier ! Et depuis quand donc ma tante Gertrude est-elle devenue musicienne et touche-t-elle du piano ?

Vous comprendrez aisément la portée de mon exclamation, quand vous saurez que ma tante Gertrude avait sur la tête soixante-cinq bonnes années bien comptées ; et je ne m'imaginais pas que, depuis dix ans que je l'avais quittée, la fantaisie lui fût venue de se donner un professeur.

Cette lettre décida donc de la route que je devais suivre. Au lieu d'aller à Calcutta, je pris tout simplement le chemin des Ardennes. Ma tante y habitait un antique château, vaste comme un monde.

II

Madame Gertrude était une sœur de mon aïeul maternel. Cette excellente vieille femme m'avait toujours aimé éperdument ; et jadis, elle eût vendu jusqu'à son carlin pour me procurer une boîte de dragées. Moi, je pensais à elle — ingrat que j'étais ! — quand il m'en restait le temps. Cette commande de musique cachait-elle un mystère, ou n'était-ce là qu'une façon délicatement indirecte de gronder mon insouciance ? Je ne savais que répondre ; mais comme je trouvais, en tout cas, dans ce voyage, un but et l'occasion de me distraire, je me décidai à partir pour les Ardennes.

Si je m'ennuie là-bas, me dis-je en montant en voiture, il sera toujours temps que j'aille mourir à Calcutta ou dans quelqu'autre lieu. Mais au moins aurai-je fait mes adieux à ma tante, ce qui est convenable, et ce à quoi je n'avais pas songé du tout.

Je mis mon violon en parfait état, et fouette postillon !

Le troisième jour j'étais rendu au château de ma tante, lequel se trouvait à quelques lieues — comme on disait encore dans ce temps-là — de Laval-Dieu, en deçà de Monthermi, dans la partie la plus boisée du département.

Mon cœur se serra et battit d'une étrange sorte, quand j'aperçus les tourelles du château, s'élançant d'un massif touffu. Je ne pouvais, non plus, me rendre un compte exact de l'émotion que je ressentis en me trouvant plongé dans les bras de ma tante. Cette émotion était bien grande cependant. Je me contentai de l'attribuer aux caresses maternelles que les lèvres de la bonne dame me prodiguaient. Peut-être bien la devais-je aussi au souvenir des boîtes de chocolat praliné dont elle avait rassasié mon enfance. J'avoue que j'oubliai complètement les grandes Indes en ce moment-là.

Mon premier soin, en entrant dans le salon du château, avait été d'y chercher un piano. A ma surprise extrême, je n'en vis aucun. Je remis à ma tante le paquet de musique. Elle ne prit seulement pas la peine de le dénouer, et ne manifesta aucun symptôme de cette curiosité qui m'eût paru bien naturelle, en ce moment, de la part d'une musicienne. — Cela ne laissa pas que de m'intriguer.

La fatigue de mon voyage me fut un prétexte excellent pour avoir le droit d'aller prendre un peu de repos. Ma tante sonna et ordonna qu'on me conduisît au *pavillon*.

Le château était fort délabré. Hors les pièces que Mme Gertrude occupait, il ne restait guère que deux ou trois chambres habitables dans un petit pavillon séparé de quelques pas du principal corps de logis.

La maison de ma tante se composait modestement d'une espèce de maître Jacques qui avait été le valet de chambre de feu M. le marquis — mon oncle — mort il y avait dix-neuf ans, et d'une vieille servante, sorte de Babet du même âge à peu près que ma tante.

Le domestique s'appelait Bertrand, la servante, Marthe.

Quand le vieux domestique qui avait mission de me conduire dans mon appartement, passa devant l'aile gauche du château, — la plus voisine du pavillon, — il se signa dévotement.

— Savez-vous bien, monsieur le vicomte, — me dit-il, — qu'il est bien heureux que Mme la marquise n'ait pas eu l'idée de vous loger dans cette aile, qui est assez propre, cependant, — à ce qu'il paraît.

— Pourquoi cela ?

— Parce que cette partie du château est visitée par des revenants.

— Vous plaisantez, Bertrand.

— Par ma foi, non, monsieur ! — Et la preuve c'est que, tous les soirs, il s'y fait une musique diabolique, un vrai sabbat...

— Et de quoi se compose l'orchestre ?

— D'un piano, monsieur, qui, toutes les nuits, gronde comme le tonnerre, à en casser les vitres.

— Et depuis quand cela dure-t-il ?

— Depuis deux mois, environ...

— Ah ! ah !... de la musique ! un piano !... Ma tante serait-elle donc complice des revenants !....

Cette réflexion, que je voulais faire à voix basse, fut entendue par Bertrand ; se rapprochant de moi, il me dit presqu'à l'oreille et d'une voix mystérieuse :

— Il faut que cela soit, monsieur Raoul ; oui, je soupçonne madame la marquise d'en être.

— Et qui vous fait supposer cela, Bertrand ?

— C'est que madame, dont la chambre à coucher tient à cette aile maudite, et n'en est séparée que par une cloison, prétend ne rien entendre.

Je fis un mouvement comme pour me diriger vers la partie du château, objet de la terreur de Bertrand. Le vieux serviteur m'arrêta par le pan de l'habit en s'écriant :

— Au nom du ciel, n'entrez pas là !

Comme j'insistais, il laissa tomber la lumière et s'enfuit à toutes jambes. Je ne fus pas le maître d'une certaine émotion. Je me résignai cependant à gagner ma chambre, et je m'endormis, remettant à la nuit suivante le soin d'épier les revenants.

III

Le lendemain, à peine après le dernier coup de dix heures, j'entendis de merveilleux préludes sur un piano, dans la direction que Bertrand m'avait indiquée.

Je me jetai en toute hâte à bas de mon lit, j'ouvris la croisée, et j'examinai le château qui était en face de moi. D'épais volets hermétiquement clos n'auraient permis à aucune lumière de trahir la présence de personne en ce lieu.

Le piano fit une halte de quelques instants, puis se remit à chanter avec une pureté et une netteté admirables. Je restai ravi, étonné, aspirant avec bonheur ces notes que le vent m'apportait un peu assourdies.

Le piano invisible jouait la belle et mélancolique *sonate pathétique* de Beethoven.

J'écoutai ce morceau tout entier dans une véritable extase, — en riant un peu de la naïveté de

Bertrand qui attribuait cette musique céleste aux échappés de l'enfer. — Mon imagination s'exalta, et je refermai ma croisée en me demandant si, par originalité, il ne se pouvait pas faire que les revenants prissent parfois la forme des anges et toutes leurs séductions.

Au morceau succéda un assez long silence ; puis les chants recommencèrent aussi suaves, aussi poétiques que la première fois.

Je sortis alors du pavillon, et le cœur tout palpitant de crainte et de joie, je me dirigeai vers l'aile du château d'où ces sons partaient. Guidé par eux, je montai lentement et silencieusement. l'escalier. J'arrivai ainsi à une porte contre laquelle j'appliquai mon oreille. Devina-t-on ma présence ou bien fis-je quelque bruit qui la trahit? Toujours est-il que l'instrument se tut presque subitement. Je délibérai pendant quelques minutes, et je cherchai enfin à ouvrir la porte. Elle céda facilement. J'entrai alors dans une vaste pièce autour de laquelle je promenai les rayons d'une lanterne sourde dont je m'étais muni.

J'aperçus, à l'un des angles de la chambre, un piano entrouvert vers lequel je me dirigeai. Je posai les doigts sur les touches de l'instrument, elles rendirent les accords que j'en voulais tirer. J'acquis ainsi la certitude que, de ce côté du moins, il n'y avait pas de fantasmagorie.

12.

Je vous ai dit, je crois, que la chambre de ma tante attenait à cette pièce. Je plongeai les yeux à travers les fissures de la porte, et je ne vis que les rayons tremblotants d'une lampe de nuit. Tout était calme et semblait reposer dans cette chambre. Les rideaux du lit étaient exactement fermés, de sorte qu'il me fut impossible de distinguer si ma tante Gertrude était ou non derrière ce rempart de soie ou de mousseline.

Je fis le tour de la pièce où je me trouvais, interrogeant les boiseries, les unes après les autres, . m'imaginant que j'allais découvrir des ressorts invisibles et des portes secrètes qui n'existaient point. A ma grande surprise, — peut-être aussi à mon grand regret, — chaque objet me parut parfaitement naturel et à sa place.

Je regagnai mon pavillon, et, pendant plus d'un quart d'heure, je demeurai le coude appuyé sur le rebord de la croisée, attendant... Mais le piano resta muet. Je pris, alors, mon violon, en tremblant tout à la fois de crainte et d'espérance. J'avais eu, maintes fois, l'occasion de jouer devant de nombreuses réunions ; jamais je ne m'étais senti intimidé comme je le fus en ce moment-là. Je parvins, cependant, après quelques hésitations, à tirer de mon instrument des sons qui me parurent merveilleusement purs. L'imagination peut faire de si grands écarts en pareilles circonstances, qu'il me sembla que mes doigts couraient malgré moi sur les cordes vibrantes.

J'entamai, sans savoir même ce que j'allais jouer, la *romance du Saule;* et je dois confesser que mon violon chanta ce chef-d'œuvre avec un sentiment, avec une âme, avec une passion que je ne lui connaissais pas.

J'attendis.

Le piano résonna à son tour, et fit pleuvoir une grêle de notes fines, nettes, bien accentuées, qui ne pouvaient tomber que de doigts admirablement organisés. Je repris, ensuite, les premières mesures de la *sonate pathétique* de Beethoven. Le piano me rattrapa en chemin à quelques mesures plus loin ; et nous jouâmes ainsi cette délicieuse composition, qui est tout un poëme, tout un rêve.

A peine la dernière note était-elle expirée que je posai mon violon sur le lit pour descendre précipitamment l'escalier, puis je me dirigeai vers la *chambre du revenant.* — Comme la première fois, le silence le plus complet y régnait. — J'entrai dans la pièce, elle était vide. Le piano était ouvert, et l'air semblait imprégné des dernières vibrations de l'instrument.

J'allais me retirer bien triste et bien désespéré, lorsque j'aperçus, couchée sur la pédale... une petite pantoufle longue comme le doigt, et que le revenant avait sans doute oubliée dans sa fuite précipitée.

Cette pantoufle était brodée avec un rare talent.
La soie y courait en tous sens, formant des dessins
d'une exquise bizarrerie. Mon premier mouvement
fut de la porter à mes lèvres et de la presser sur
mon cœur. Puis à l'idée que cette pantoufle pouvait bien appartenir à ma tante Gertrude, et avoir
été brodée par des mains mercenaires, mon enthousiasme se calma tout à coup. Mais je revins bientôt
à ma première impression ; et me laissai courir à
travers toutes sortes de rêves charmants.

Il n'était plus douteux pour moi qu'un être mystérieux habitât le château.

Ma tante Gertrude ne l'ignorait pas ; bien plus,
le fil du secret devait être entre ses mains. L'ins-
pection de cette charmante pantoufle me donna de
chaudes hallucinations. En moins d'une minute, je
taillai dans l'illusion, comme le sculpteur dans le
marbre, la plus belle, la plus pure, la plus suave
créature, telle que l'imagination la plus exaltée
n'en a jamais pu créer une pareille.

Tout enivré de mon beau rêve, je m'en retour-
nai au pavillon, où je jouai sur mon violon deux ou
trois passages de *Cendrillon*, — ce qui était, on
en conviendra, une allusion assez délicate ; — mais
le *revenant* n'y répondit pas.

Avant de sortir de la chambre, j'avais crayonné,
sur un papier que je laissai sur le piano, ces mots :
« A demain, la *symphonie pastorale*. »

IV

Je passai une nuit de fièvre, tantôt me promenant à grands pas dans ma chambre, tantôt la tête appuyée sur mes deux mains, l'œil fixé dans une muette contemplation, sur les fenêtres impénétrables du château. Deux ou trois fois, j'essayai de demander au sommeil un peu de calme. C'était au contraire appeler contre moi l'armée des rêves en délire, qui envahissaient ma couche, se cachant dans tous les plis de mes rideaux. La charmante petite pantoufle ne m'avait pas quitté d'une seconde ; son contact semblait allumer le feu sur ma poitrine, où je l'avais enfermée.

Le lendemain j'apparus pâle, défait, et les traits bouleversés devant ma tante Gertrude. J'étais bien résolu à lui demander des explications. Il me sembla remarquer sur le coin de sa lèvre un sourire moqueur ; et son regard me paraissait plein d'ironie et de provocation.

— Chère tante, — lui dis-je sur un ton en apparence indifférent, — voulez-vous bien me prêter pour quelques instants le paquet de musique que je vous ai apporté de Paris ?

— Qu'en veux-tu faire ?

— Y choisir un morceau que j'ai le désir de transposer pour le violon.

— Je n'ai plus cette musique.

— Ah !

— Je l'ai envoyée chez un voisin pour qui était la commission que tu fis.

— Et demeure-t-il loin ?

— A trois grande lieues d'ici.

— Je l'aurais cru plus voisin que cela. Pourquoi ?

— Parce que j'ai entendu... ces deux dernières nuits... presque à mon oreille, ma foi ! les sons d'un piano...

— C'est probablement une erreur de ton imagination.

— Si bien, repris-je, qu'entraîné, subjugué, je me suis mis de la partie ; et que le piano en question et mon violon ont joué un duo.

— Rêve de musicien ! C'était probablement Marthe qui psalmodiait des cantiques en s'accompagnant sur une guitare. Et tu t'es laissé prendre à cela !

— Voulez-vous que cette nuit, ma tante, je vienne vous éveiller, et que je vous fasse assister à ce concert ?

— Non pas... non pas... s'écria ma tante — à mon âge, on a besoin de repos et de sommeil ; et je te prie de ne point me déranger.

Il y avait tant de simplicité, de naturel, de nonchalance, je dirai d'aplomb, dans les réponses de

Mᵐᵉ Gertrude, que je fus un moment dérouté dans mes soupçons ; je me laissai aller à croire qu'en vérité il y avait dans tout ceci de la magie, et que la bonne femme n'avait réellement rien entendu.

— Mais, — repris-je, en allant plus droit au but, cette fois, — ce qui m'étonne, ma très chère tante, c'est que vous parliez de repos et de sommeil quand on jurerait que c'est dans la pièce voisine de votre chambre que se donnent ces concerts nocturnes.

— Bah ! c'est singulier ! — murmura naïvement Mᵐᵉ Gertrude. — Je ne m'en suis jamais aperçue... Bertrand et Marthe entendent-ils aussi ?

Cette fois, il y avait un certain ton de curiosité dans la façon dont ma tante me posa cette question.

— Parfaitement, — répondis-je ; — seulement ils attribuent cette musique à des revenants ; et, pour n'en être plus troublés, le soir, en se couchant, ils se mettent de la cire dans les oreilles.

— Ah ! les pauvres diables !

— Mais revenons à vous, ma chère tante ; je persiste à m'étonner de votre quiétude, attendu que je dois vous avouer que j'ai pénétré, sans trop d'escalade et d'effraction, dans la pièce d'où j'avais ouï partir cette délicieuse musique, et...

— Qu'y as tu trouvé ?

— Un piano...

— Vraiment ?

— Mais de pianiste... point.

— Tu vois donc bien ! Ce doit être quelque vieux meuble oublié dans cet endroit.

— Que non pas ! Un magnifique et excellent piano d'Erard ! puis les touches d'ivoire de l'instrument étaient tièdes encore de leur mélodieux travail. Et à moins que vous ne soyez complice, il y a de la magie dans la façon dont l'artiste parvient à s'évader, aussitôt que j'apparais.

— Tu es fou !

— Pour preuve que je ne le suis pas tout à fait autant que vous le croyez ; c'est que, outre le piano... j'ai trouvé...

Quoi encore ?

— Pardon, ma tante, voulez-vous me montrer votre pied ?

— Volontiers ! — répondit Mme Gertrude.

Ayant relevé le bas de sa robe, elle allongea vers moi et avec un peu de coquetterie, son pied encore bien conservé, et qui avait eu, je me le rappelais, une grande réputation d'élégance. Mais la petite pantoufle que je portais sur mon cœur n'eût pas contenu la moitié de l'un des pieds de ma tante. Je ne pus dissimuler une sorte de joie sur le résultat de cette comparaison.

— Où veux-tu donc en venir ? — me demanda Mme Gertrude.

— A ceci : que j'ai là, sur moi, les traces incon-

testables du passage d'une femme dans cette pièce ;
et cette preuve la voici :

Je montrai alors la petite pantoufle que ma tante
voulut me prendre des mains.

— Non pas ; — m'écriai-je en reculant, — je ne
la rendrai qu'au pied mignon qui la chaussera,
sinon... Mais, ma bonne tante, — repris-je, en
m'asseyant à ses côtés, — si vous savez, et vous
devez le savoir, le mot de ce mystère, dites-le moi,
je vous en supplie ! Je ne crois pas aux revenants,
moi ; mais je crois aux anges, aux femmes charmantes, aux pieds mignons....

Et je partis de là pour parler de mon inconnue,
en termes si passionnés, que ma tante, bien qu'elle
ne prononçât plus une seule parole sur cette aventure, me parut émue.

V

Le soir vint.

Je me promenai avec agitation dans ma chambre, jusqu'à ce que sonnât l'heure de mon concert
à l'orchestre invisible. — A dix heures précises,
les gammes commencèrent d'éclater sur le piano.
J'y répondis par quelques accords de mon violon ;
puis de part et d'autre, nous entamâmes la *symphonie pastorale* de Beethoven, sur laquelle s'é-

taient donné rendez-vous nos âmes ignorées l'une et l'autre.

La première partie de ce morceau achevée, je me rendis comme la veille, avec précaution, jusqu'à la porte du sanctuaire. Je fus saisi alors d'un tremblement nerveux et d'une émotion si vive, que je dus m'asseoir sur les marches de l'escalier, pour ne pas rouler jusqu'au bas.

Je n'osais entr'ouvrir la porte. Je collai mon oreille contre la boiserie, et j'écoutai. Le plus grand silence régnait dans la pièce, où il me fut impossible de faire pénétrer le moindre regard indiscret. Après un moment de crainte et d'hésitation, je saisis mon violon, et j'indiquai quelques notes de la seconde partie de la symphonie. Aussitôt, le piano y répondit ; et nous continuâmes notre concert — une cloison entre nous.

Je pris alors une violente résolution. Je poussai brusquement la porte. Involontairement je portai les mains à mes yeux, et demeurai un instant debout à l'entrée de la chambre, muet, immobile, tremblant. Enfin j'ouvris les yeux. — Une lampe posée sur le piano éclairait l'appartement. Mon premier éblouissement passé, je vis devant moi, à quelques pas, ma tante : de surprise je laissai tomber mon violon.

Mme Gertrude se retira de côté en souriant, et j'aperçus derrière elle une jeune fille de dix-huit

ans à peine, plus belle encore que je ne l'avais rêvée. Mon premier mouvement fut de me jeter à ses
pieds, et de lui essayer la pantoufle ; elle la chaus-
sait à merveille.

— C'est donc vous ! m'écriai-je avec transport.

Ma tante ne me laissa pas le temps d'épancher
tout ce que j'avais au fond de l'âme et sur le bord
des lèvres. Elle nous prit par la main et nous conduisit dans la chambre.

— Séraphine, — dit-elle à la jeune fille, — laisse
nous seuls.

— Restez, restez, au nom du ciel ! — m'écriai-je
en saisissant les mains de Séraphine, — restez ! où
je croirai encore que je rêve...

— Laisse-la partir, — insista Mᵐᵉ Gertrude, —
et je ferai que ton rêve sera une réalité... si tu y
veux consentir.

J'avais eu le temps de contempler tout à mon
aise la jeune fille. Je renonce à décrire l'éclat de sa
beauté, la pureté des lignes de son visage, la can-
deur de son front, la naïveté de son regard qu'elle
n'avait cessé de tenir baissé vers la terre.

— Alors, — dis-je en me retournant vers ma
tante, vous me permettez de baiser ces jolis doigts
qui m'ont rendu fou pendant deux jours... et deux
nuits...

Sans attendre la réponse de Mᵐᵉ Gertrude, je
m'étais agenouillé devant Séraphine, et j'avais

abaissé mes lèvres sur ses mains que je sentis trembler dans les miennes. En levant les yeux, je rencontrai un regard de la jeune fille... un de ces regards qui ne se définissent point.

Séraphine sortit, et je me trouvai seul avec ma tante.

Elle me fit asseoir à ses côtés, et commença, — en balbutiant un peu, — une confidence qui remontait au temps qui avait précédé son union avec feu le marquis. Le fil, interrompu par les vingt-huit années de son mariage, reparaissait à quelques mois après la mort de mon oncle. Dans cette confidence enfin se trouvaient mêlés : — un lord qui avait été jeune en même temps que ma tante Gertrude, — une jeune fille que je reconnus être Séraphine, — un couvent où l'enfant avait été enfermé presque dès après sa naissance... enfin, ami lecteur, devinez tout ce que vous voudrez...

Sachez seulement que deux jours après, ma tante éloigna momentanément du château ses vieux serviteurs ; — que pendant leur absence nous partîmes pour Paris, tous les trois, Séraphine, Mme Gertrude et moi ; et à quinze jours de là, j'épousai ma charmante cousine... — (suis-je bien indiscret ?)

C'est ainsi que je trouvai ce quelque chose qui me manquait, et que je n'eusse certainement pas rencontré aux grandes Indes.

LE SPECTRE FIANCÉ

I

Sur le sommet d'une des montagnes de l'Odenwald, sauvage et romantique coin de la haute Allemagne, non loin du confluent du Mein et du Rhin,
existait, il y a bien des années, bien des années de
cela, le château du baron von Landshort. Aujour-
d'hui il est entièrement tombé en ruines, et presque
enseveli sous les hêtres et les noirs sapins ; au-
dessus de ces décombres, cependant, on aperçoit
la vieille tour de l'horloge s'efforçant, comme l'ancien seigneur dont je viens de parler, de dresser
encore la tête pour dominer tout le pays voisin.

Le baron était un rameau desséché de la grande
famille de Katzenellenbogen et avait reçu en héritage, avec les ruines du château, tout l'orgueil de
ses ancêtres. Quoique l'esprit belliqueux de ses
pères eût porté grand préjudice à la fortune de sa
famille, le baron cependant s'efforçait encore de
conserver à sa maison quelque apparence de son
ancienne splendeur. Le temps était à la paix, et
la noblesse allemande avait généralement aban-
donné ses vieux châteaux incommodes, perchés
comme des aires d'aigles au milieu des montagnes,
et s'était construit dans les vallées des habitations
agréables. Le baron, lui, était toujours resté or-

gueilleusement enfermé dans sa petite forteresse, caressant avec une haine héréditaire toutes les vieilles discordes de famille, en sorte qu'il se trouvait en très-mauvais rapport avec quelques-uns de ses plus proches voisins, sous prétexte de dissensions qui avaient existé entre leurs grands, grands-pères.

Le baron n'avait qu'un enfant, une fille, mais la nature, quand elle ne donne qu'un unique enfant, a toujours soin, par compensation, d'en faire un prodige; ainsi en était-il de la fille du baron. Toutes les nourrices, toutes les commères, tous les cousins du pays assuraient son père que dans toute l'Allemagne elle n'avait pas de rivale en beauté, et qui pouvait mieux le savoir qu'eux ! De plus, elle avait été mise, avec un soin particulier, sous la surveillance de deux tantes, vieilles filles, qui avaient passé quelques années de leur jeunesse à l'une des petites cours de l'Allemagne, et étaient initiées à toutes les branches de connaissances nécessaires à l'éducation d'une femme de grande maison. Sous leur conduite, la fille du baron était devenue une merveille accomplie. Vers le temps de ses dix-huit ans, elle brodait dans l'admiration, et avait fait en tapisserie toute l'histoire des saints, et avait mis une telle vigueur dans l'expression de leurs traits qu'on eût dit autant d'âmes en purgatoire. Elle lisait sans trop de difficulté et avait appris à épeler dans plusieurs légendes religieuses et dans presque tous les romans de chevalerie de l'Heldenbuch. Elle avait également fait d'étonnants progrès en écriture, signait son nom sans en oublier une lettre, et si nettement que les tantes pouvaient

le lire sans recourir à leurs lunettes. Elle excellait
à faire d'élégantes petites babioles et des ouvrages
de femme de toute espèce, était habile dans toutes les
danses les plus difficiles de l'époque, jouait de nombreux airs sur la harpe et la guitare, et savait par
cœur toutes les tendres ballades des Minnielieders.

Ses tantes, ayant même été de grandes coquettes dans leur jeunesse, étaient un choix admirable
comme gardiens vigilants et censeurs sévères de la
conduite de leur nièce, car il n'est pas de duègne
plus rigide, plus prudente et plus inexorable sur le
décorum qn'une coquette surannée. Rarement on
la perdait de vue ; elle n'allait jamais dans les do-
maines du château, à moins d'être bien accompagnée, ou plutôt bien espionnée. C'étaient de conti-
nuelles leçons sur la décence la plus rigoureuse et
sur l'obéissance passive ; et quant aux hommes...
bast !... on l'avait habituée à les tenir à telle distance et dans un mépris si absolu, qu'à moins d'y
être dûment autorisée, elle n'eût pas jeté les yeux
sur le plus beau cavalier du monde ! non, pas même
s'il fût tombé mourant à ses pieds.

Les bons effets de ce système d'éducation se
laissaient voir à merveille ; la jeune fille était un
modèle irréprochable de docilité. Alors que d'autres
usaient leurs grâces dans l'éclat du monde, et s'exposaient à laisser leurs plumes aux ronces des plaisirs et des futiles amusements, sa fraîcheur et sa
beauté de femme, à elle, étaient closes timidement
sous la protection de ces immaculées vierges,
comme un bouton de rose qui fleurit au milieu d'é-
pines qui le gardent. Les tantes contemplaient leur

nièce avec orgueil et enthousiasme, et se vantaient que, tandis que toutes les autres jeunes filles pouvaient s'égarer dans le monde, Dieu merci, rien de semblable n'arriverait à l'héritière de Katzenellenbogen.

Mais si le baron avait été privé d'une plus longue lignée d'enfants, son état de maison n'en était pas pour cela plus réduit, car la Providence l'avait enrichi d'une multitude de parents pauvres. Ils étaient tous marqués d'un cachet commun aux parents pauvres : ils professaient un attachement extraordinaire pour le baron, et saisissaient toutes les occasions possibles de venir en foule égayer le château. Toutes les fêtes de famille étaient célébrées par ces bonnes gens aux dépens du baron, et, après s'être bien repus de bonne chère, ils déclaraient que rien sur la terre n'était délicieux comme ces réunions du foyer, ces joies du cœur.

Le baron, quoique petit de taille, avait une grande âme qu'enflait encore volontiers sa conviction d'être le plus grand homme du petit monde au milieu duquel il vivait. Il aimait à débiter de longues histoires sur le compte des vieux guerriers ses ancêtres dont les portraits refrognés l'entouraient accrochés le long des murs, et il ne trouvait pas d'auditeurs comparables à ceux qui se nourrissaient aux dépens de sa bourse. Il avait beaucoup donné dans le merveilleux, et croyait fermement à toutes les histoires fantastiques dont abondent chaque vallée, chaque montagne de l'Allemagne. La foi de ses hôtes dépassait la sienne ; les yeux et la bouche béants, ils écoutaient attentivement tous

ces récits surnaturels, et ne manquaient jamais de
montrer de l'étonnement, même pour un conte qu'ils
entendaient pour la centième fois. Ainsi vivait le
baron von Landshort, l'oracle de sa table, le mo-
narque absolu de son petit territoire, et heureux
par-dessus tout de la persuasion qu'il était l'homme
le plus sage de son temps.

II

Au point où nous en sommes arrivés de cette
histoire, il y avait une grande réunion de famille
au château pour une affaire de la plus haute importance, il s'agissait de recevoir le fiancé destiné à
la fille du baron. Des négociations avaient eu lieu
à ce sujet entre le père et un vieux gentilhomme
de Bavière, pour conjoindre, par le mariage de leurs
enfants, la dignité de leurs maisons. Les prélimi-
naires en avaient été conduits avec toute la délicatesse convenable. Les jeunes gens se trouvaient
unis sans s'être vus, et l'époque de la cérémonie
avait été arrêtée. Le jeune comte von Altenburg fut
rappelé de l'armée dans ce but, et il se dirigeait
alors vers le château du baron pour recevoir sa
fiancée. On avait même eu des lettres de lui, venant
de Wurtzburg où il se trouvait momentanément
retenu, marquant le jour et l'heure de son arrivée.

Le château était en émoi pour lui préparer une
réception convenable. La belle fiancée avait éte
parée avec un soin extraordinaire. Les tantes avaient
dirigé sa toilette, et s'étaient querellées toute la
matinée sur chacun des articles qui la composaient.

13.

La jeune fille profita de leur désaccord pour suivre l'impulsion de son propre goût, et heureusement il était bon. Elle était aussi jolie qu'une fiancée peut souhaiter de l'être, et l'émotion de l'attente rehaussait l'éclat de ses charmes.

La rougeur répandue sur sa figure et sur son col, son sein légèrement agité, ses yeux de temps en temps perdus dans la rêverie, trahissaient le doux tumulte qui agitait son petit cœur. Les tantes rôdaient continuellement autour d'elle, car des tantes vieilles filles sont enclines à prendre beaucoup d'intérêt à des affaires de cette nature. Elles lui donnaient des conseils bien précis sur la manière de se tenir, sur ce qu'elle aurait à dire, comment enfin elle devait recevoir le fiancé attendu.

Le baron n'était pas moins occupé des préparatifs. A la vérité, il n'avait exactement rien à faire, mais c'était un petit homme naturellement bouillant et actif, et il ne pouvait rester les bras croisés alors que tout le monde était en mouvement. Il parcourait le château du grenier à la cave, avec un air d'extrême inquiétude; continuellement il dérangeait les domestiques de leur ouvrage pour leur recommander de la diligence; on entendait sa voix dans toutes les salles, dans toutes les chambres; il était aussi inutilement remuant et ennuyeux qu'une mouche bleue dans une chaude journée d'été.

Pendant ce temps on avait tué le veau gras; les forêts avaient retenti des clameurs de la chasse; la cuisine était bondée de bonne chère, les celliers avaient rendu des océans de vin du Rhin et de vin

de Ferné; et même la grande tonne de Mendel-
bourg avait été mise à contribution. Tout était
prêt pour recevoir l'homme distingué suivant le
véritable esprit de l'hospitalité allemande; mais
l'hôte tardait à faire son apparition. L'heure suc-
cédait à l'heure. Le soleil, qui avait versé ses derniers rayons sur la riche forêt de l'Odenwald, brillait en ce moment aux sommets des montagnes. Le
baron monta sur sa plus haute tour, il chercha des
yeux dans l'espoir de découvrir à distance le comte
et sa suite. Une fois il crut l'apercevoir; le son du
cor lui arriva de la vallée répété par les échos de la
montagne. Il vit dans le lointain un grand nombre
de cavaliers qui s'avançaient lentement sur la
route; mais, arrivés jusqu'au pied de la montagne,
ils tournèrent brusquement dans une direction opposée. Le dernier rayon du soleil avait disparu, les
chauves souris commençaient à voler dans le cré-
puscule, la route devenait de plus en plus obscure,
et l'on n'y distinguait plus personne que de temps
en temps un paysan qui revenait de son travail.

Pendant que le château de Landshort était dans
cet état de perplexité, une scène très-intéressante
se passait dans une autre partie de l'Odenwald.

III

Le jeune comte von Altenburg cheminait tranquillement de ce pas paisible dont marche vers le
mariage un homme de qui les amis se sont chargés
de tous les embarras et de toutes les incertitudes

d'une cour à faire, et qui sait qu'au bout de son voyage, une fiancée l'attend aussi sûrement qu'un bon dîner. Il avait rencontré à Wurtzburg un jeune compagnon d'armes avec lequel il avait servi quelque temps sur la frontière, Herman von Starkenfaust, une des plus courageuses mains, un des plus dignes cœurs de la chevalerie allemande, et qui s'en revenait alors de l'armée. Le château de son père n'était pas très-éloigné de la vieille forteresse de Lansdshort, mais des rancunes héréditaires rendaient les deux familles hostiles et étrangères l'une à l'autre.

Dans les chauds épanchements de leur reconnaissance, les jeunes amis se rappelèrent toutes les aventures, tous les événements de leur passé, et le comte narra l'histoire détaillée de son futur mariage avec une fille qu'il n'avait jamais vue, mais qu'on lui avait dit être d'une beauté ravissante.

Comme les deux amis suivaient la même route, ils convinrent d'achever ensemble le voyage, et afin de le faire plus à loisir, ils étaient partis de Wurtzburg de bonne heure, après que le comte eut expliqué à ses gens la direction à prendre pour le suivre et le rejoindre.

Ils trompaient l'ennui du chemin en se rappelant les aventures de leur vie militaire, mais le comte par moment devenait un peu fatigant à l'endroit de la célébrité des charmes de sa fiancée, et du bonheur qui l'attendait.

En causant ainsi ils étaient entrés dans les montagnes d'Odenwald, et traversaient un des bois les plus solitaires et les plus épais. Il est bien connu

que les forêts de l'Allemagne ont toujours été aussi
infestées de brigands que ses châteaux de fantômes,
et, à cette époque, les premiers étaient particulièrement nombreux par suite du congédiement de
hordes de soldats qui erraient dans le pays. Il
ne paraîtra donc pas extraordinaire que les deux
cavaliers aient été attaqués par une bande de ces
brigands, dans le milieu de la forêt. Ils se défendirent courageusement, mais ils étaient sur le point
de succomber, quand la suite du comte arriva à
leurs secours. A cette vue les brigands prirent
la fuite, mais non pas avant que le comte n'eût
reçu une blessure mortelle. On le rapporta doucement et avec précaution à la ville de Wurtzburg, et
on appela auprès de lui un moine du couvent voisin,
réputé pour son habileté à soigner également le
corps et l'âme ; mais la moitié de sa science était
superflue, les moments de l'infortuné comte étaient
marqués.

D'une voix mourante, il supplia son ami de
retourner immédiatement au château de Landshort,
et d'expliquer la fatale cause qui l'empêchait de
tenir parole à sa fiancée. Sans être le plus ardent
des amoureux, il était un homme des plus ponc-
tuels, et il paraissait extrêmement soucieux que sa
mission fût promptement et courtoisement remplie.

— A moins que cela ne soit fait, avait-il dit,
je ne reposerai pas en paix dans ma tombe.

Il prononça ces dernières paroles d'un ton tout
à fait solennel. Une telle requête dans un moment
si imposant, n'admettait pas d'hésitation. Starkenfaust s'efforça de le calmer, lui promit sur l'honneur

d'accomplir son vœu, et lui tendit la main comme
gage solennel. Le mourant la pressa en signe de
reconnaissance, mais tomba bientôt en délire, dit
des folies à propos de sa fiancée, de ses engagements, de sa parole donnée, ordonna qu'on lui
préparât son cheval qu'il voulait monter pour se
rendre au château de Landshort, et expira en faisant un mouvement comme s'il sautait en selle.

Starkenfauts poussa un soupir, laissa tomber
une larme de soldat sur le sort prématuré de son
camarade, et réfléchit à la redoutable mission qu'il
avait reçue. Son cœur était triste, sa tête pleine
d'inquiétude; car il devait se présenter comme un
hôte malvenu au milieu de gens hostiles et dont il
allait troubler la joie en apportant des nouvelles
fatales à leurs espérances. Cependant une voix qui
chuchottait en son cœur lui inspirait la curiosité
de voir cette beauté de Katzenellenbogen dont la
réputation était parvenue si loin, et que tant de
vigilance avait dérobée au monde, car il était ad-
mirateur passionné du sexe, et il y avait dans son
caractère quelque chose d'excentrique et d'entre-
prenant qui le rendait épris de toute aventure
extraordinaire.

Avant de partir, il prit avec les saints frères du
couvent tous les arrangements nécessaires pour
les funérailles de son ami qui devait être enterré
dans la cathédrale de Wurtzburg à côté de ses il-
lustres aïeux, et la suite affligée du comte se chargea
de ses restes.

IV

Il est maintenant grand temps que nous revenions à l'antique famille de Katznellenbogen qui s'impatientait d'attendre son hôte, et plus encore le dîner, ainsi qu'au digne petit baron que nous avons laissé grimpé sur la tour de l'horloge.

La nuit était close, et l'hôte n'arrivait point. Le baron était descendu de sa tour désespéré. Le banquet, qui avait été remis d'heure en heure, ne pouvait être retardé. Les mets étaient déjà brûlés, le cuisinier à l'agonie, et toute la maison semblait une garnison réduite par la famine. Le baron, malgré lui, fut obligé de donner l'ordre d'ouvrir la fête sans attendre l'hôte. On se mit à sa table, et au moment de commencer, le son d'un cor qui se fit entendre en dehors de la porte annonça l'approche d'un étranger. Une autre longue fanfare remplit de ses échos les vieilles cours du château, et fut répétée par la sentinelle du haut des murailles. Le baron se hâta d'aller au devant de son futur, gendre.

Le pont-levis avait été abaissé, et l'étranger se trouvait devant la porte. C'était un grand beau cavalier monté sur un cheval noir. Sa figure était pâle, mais il avait le regard ardent et romantique et un air de profonde mélancolie. Le baron fut un peu mortifié qu'il arrivât seul et dans un équipage aussi simple. Sa dignité en fut un moment froissée, et il se sentit disposé à le considérer comme ayant particulièrement manqué de convenance dans cette

importante occasion à l'importante famille à laquelle
il allait s'unir. Il se calma cependant en s'arrêtant
à cette idée que ce pouvait bien être l'impatience de
la jeunesse qui l'avait poussé à devancer sa suite.

— Je suis peiné, dit l'étranger, de venir vous
troubler d'une manière aussi inopportune.

Ici le baron l'interrompit par un déluge de com-
pliments et de félicitations ; car, pour dire vrai, il
était très fier de sa courtoisie et de son éloquence.
L'étranger essaya une fois ou deux, mais ce fut en
vain, d'arrêter ce torrent de paroles ; aussi baissa-
t-il la tête, résigné à le laisser passer dessus. Le
baron cependant s'était arrêté, ils étaient parvenus
à la cour intérieure du château, et l'étranger allait
de nouveau prendre la parole, quand il fut encore
une fois interrompu par l'arrivée de la partie féminine de la famille conduisant la fiancée émue et
rougissante. Il la regarda un moment comme en
extase, on eût dit que son âme tout entière rayonnait dans ce regard pour s'attacher sur cette figure
charmante. Une des vieilles tantes lui souffla quelque chose à l'oreille, elle fit un effort pour parler, ses
yeux bleus humides se levèrent timidement, jetèrent un regard inquisiteur sur l'étranger, et se bais-
sèrent de nouveau vers la terre. Les mots s'éteignirent en chemin, mais le doux sourire qui se joua
sur ses lèvres, et la tendre rougeur de ses joues
montrèrent que ses yeux n'avaient pas été mécon-
tents. Il était impossible qu'une jeune fille arrivée
à l'âge friand de dix-huit ans, fort bien prédisposée
au mariage, ne fût pas satisfaite d'un si beau cavalier.

L'heure avancée à laquelle l'hôte était arrivé ne laissait plus le temps d'entrer en conférence. Le baron avait été péremptoire à cet égard, et avait remis au lendemain matin tout entretien particulier ; il ouvrit donc la marche pour retourner au festin resté intact.

Le repas avait été servi dans la grande salle du château. Tout autour des murs pendaient les portraits favoris des héros de la famille de Katzenellenbogen, ainsi que les trophées qu'ils avaient rapportés des champs de bataille et de la chasse. Des cuirasses bosselées, des morceaux de lances, des étendards déchirés, se trouvaient mêlés aux butins de la chasse ; des mâchoires de loups, des dents d'ours grimaçaient horriblement au milieu des arcs et des haches de combat ; et une longue paire de cornes de cerf étendait ses branches majestueuses jusqu'au milieu de la salle.

Le chevalier ne s'inquiéta que peu de la compagnie et de la conversation. Il goûta à peine au repas, et paraissait absorbé dans son admiration pour la fiancée. Il causait avec elle à voix basse de manière à ne pouvoir être entendu, car le langage de l'amour n'est jamais bruyant ; mais quelle femme a l'oreille assez dure pour ne pas saisir les plus légers chuchotements d'un amoureux ! Il y avait dans ses manières un mélange de gravité et de tendresse qui paraissait vivement impressionner la jeune fille. Elle rougissait ou pâlissait en l'écoutant avec une profonde attention. De temps à autre elle répondait quelques mots en tremblant, et quand les yeux du jeune chevalier venaient à se détacher d'elle, elle jetait un long regard de côté sur sa figure romantique, et poussait un léger soupir de tendre bonheur. Il était évident que le jeune couple était complétement énamouré. Les tantes qui étaient profondément versées dans les mystères du cœur, déclarèrent qu'ils étaient tombés épris l'un de l'autre à première vue.

La fête se passa gaiement, ou tout au moins bruyamment, car les hôtes étaient doués de ces solides appétits que donnent des bourses peu garnies et l'air des montagnes. Le baron raconta ses meilleures et ses plus longues histoires ; il n'avait jamais été si bien en verve, et n'avait jamais produit tant d'effet. S'il racontait quelque chose de merveilleux, ses auditeurs tombaient dans l'étonnement ; si c'était quelque chose de plaisant, ils ne manquaient pas de rire exactement à l'endroit qu'il fallait. Le baron, il est vrai, comme la plupart des grands hommes, avait trop de dignité pour se permettre une plaisanterie qui ne fût bien émoussée, mais elle était toujours accompagnée d'une rasade d'excellent hockheimer, et même une plaisanterie gazée lancée à sa propre table, servie avec un bon vieux vin, est toujours irrésistible. Beaucoup de bonnes choses furent dites par de plus pauvres et de plus piquants esprits qui ne seraient pas dignes d'être répétées, si ce n'est en pareilles occasions ; à quelques paroles malicieuses, chuchotées, à leurs oreilles, les dames avaient été prises d'un rire presque convulsif qu'elles cherchaient à dissimuler ; et un ou deux couplets chantés par un pauvre, mais gai et bien rond cousin du baron, avaient littéralement forcé

les vieilles tantes à se cacher derrière leur éven-
tails.

V

Au milieu de toute cette joie, l'hôte étranger
avait conservé une gravité singulière et tout à fait
déplacée. Sa figure se décomposait de plus en plus,
à mesure que la soirée s'avançait ; et, chose qui
parut étrange, même les bons mots du baron ne
semblaient le rendre que plus mélancolique. Tantôt
il était pensif, tantôt ses yeux hagards et errants
sans cesse, dénotaient un esprit mal à l'aise. Sa
conversation avec la fiancée devenait de plus en
plus empressée et mystérieuse. Des nuages commencèrent à voiler la belle sérénité du front de la
jeune fille et son corps charmant frissonnait de terreur.

Tout cela ne pouvait échapper à la société. La
gaieté avait fui devant l'inexplicable tristesse du
fiancé ; les esprits étaient abattus, les chuchotements, les regards se croisaient, accompagnés de
signes de tête dubitatifs. Les chansons et les rires
devenaient de moins en moins fréquents ; il y avait
dans les conservations de pénibles interruptions
auxquelles succèdaient enfin des contes bizarres et
des légendes fanstastiques. Une récit étrange en
amenait un autre plus étrange, et le baron avait
presque provoqué l'évanouissement de quelques-
unes des dames racontant l'histoire du cavalier fantôme qui avait enlevé la belle Léonora, une histoire terrible, mais vraie, qui a été depuis mise en

excellents vers, que tout le monde a lue et à laquelle croit toute le monde.

Le fiancé écouta ce conte avec une profonde attention. Ses yeux étaient ardemment fixés sur le baron, et, au moment où l'histoire tirait vers sa fin, il commença à se lever peu à peu de son siége, grandissant de plus en plus, ou point qu'aux regards émerveillés du baron, il parut un géant haut comme une tour. Dès que l'histoire fut terminée, il poussa un profond soupir, et fit un solennel adieu à toute la compagnie.

Tout le monde resta stupéfait, le baron semblait exactement frappé de la foudre. — Quoi! quitter le château à minuit, quand tout était prêt pour sa réception..., quand une chambre était à sa disposition s'il désirait se retirer!

L'étranger secoua la tête tristement et mystérieusement.

— Cette nuit, il me faut une autre chambre que celle-là pour reposer ma tête!

Il y avait dans cette réponse et dans le son de voix qui l'accompagnait quelque chose qui fit tressaillir le cœur du baron, mais il rappela ses forces, et renouvela ses offres d'hospitalité.

L'étranger secouait la tête silencieusement, mais d'une manière positive, à chaque proposition, et, après avoir salué la compagnie, il sortit lentement de la salle. Les vieilles tantes étaient littéralement pétrifiées; la fiancée laissa tomber sa tête, et une larme s'échappa de ses yeux.

Le baron suivit l'étranger dans la grande cour du château, où le noir coursier frappait la terre du

pied et hennissait d'impatience. Quand ils eurent
atteint le portique dont l'arcade profonde était à
peine éclairée par un fanal, le chevalier s'arrêta,
et, s'adressant au baron d'un son de voix sourd
que la voûte rendait plus sépulcral encore.

— Maintenant que nous sommes seuls, dit-il,
je dois vous expliquer la cause de mon départ.
J'ai un solennel, un indispensable engagement...

— Eh quoi ! dit le baron, ne pouvez-vous envoyer quelqu'un à votre place?

— Cet engagement n'admet pas de remplaçant ;
il faut que je le remplisse en personne, il faut que
j'aille à la cathédrale de Wurtzburg.

— Soit, dit le baron qui commençait à perdre la
tête, mais pas avant demain... demain vous y con-
duirez votre fiancée.

Non ! non ! répliqua l'étranger d'une voix dix fois
plus solennelle encore ; il ne peut être question de
fiancée dans cet engagement. Les vers ! les vers
m'attendent. Je suis un homme mort, j'ai été tué
par des brigands ; mon corps repose à Wurtsburg,
à minuit on doit m'enterrer... Ma tombe m'attend,
il faut que je m'y rende !

Puis il s'élança sur le dos de son noir coursier,
franchit le pont-levis, et le bruit des pas de son cheval se perdit dans le sifflement des brises de la nuit.

Le baron retourna à la salle du festin dans la plus
grande consternation, et raconta ce qui s'était
passé. Deux dames s'évanouirent, d'autres tombèrent malades de l'idée d'avoir dîné avec un spectre.
Quelques-unes pensèrent que ce pouvait bien être
le farouche chasseur si célèbre dans la légende al-

lemande D'autres parlaient des gnômes des montagnes, des démons des bois et autres êtres surnaturels avec lesquels on a si souvent et de temps immémorial poursuivi les bonnes gens de l'Allemagne. Un des pauvres parents du baron s'avisa de supposer que cette fuite soudaine du jeune chevalier pouvait bien n'être qu'un mauvais tour, et que tout le mystère de ce caprice semblait s'accorder avec le caractère si mélancolique du personnage. Cette motion cependant attira sur son auteur l'indignation de toute la compagnie, et surtout du baron qui voyait dans le fugitif quelque chose d'un peu mieux qu'un infidèle ; en sorte que le pauvre parent fut obligé d'abjurer son hérésie aussi promptement que possible, et de rentrer dans la foi des vrais croyants.

Mais, quelques doutes qui restassent, ils furent complètement détruits le lendemain par l'arrivée de lettres bien officielles, confirmant la nouvelle de la mort du jeune comte, et ses funérailles qui avaient eu lieu à la cathédrale du Wurtzburg. On peut bien s'imaginer le trouble qui régnait au château. Le baron s'était enfermé dans sa chambre. Ses hôtes, qui étaient venus pour se réjouir avec lui, pensèrent ne pouvoir pas l'abandonner dans sa détresse. Ils se répandirent dans les cours, ou s'assemblèrent en groupes dans la salle secouant la tête et haussant les épaules en signes de la part qu'ils prenaient au chagrin d'un si digne homme ; ils restèrent à table plus longtemps que de coutume, ils mangèrent et burent plus que jamais, afin de se réconforter l'esprit. Mais la position de la fiancée veuve était la plus digne de pitié. Perdre un mari avant même de l'avoir possédé ! Et quel mari ! Spectre, il était si noble et si gracieux ! que devait-il être vivant ? Elle remplissait ainsi la maison de lamentations.

VI

Pendant la nuit qui suivit le second jour de son veuvage, elle s'était retirée dans sa chambre accompagnée d'une de ses tantes qui avait insisté pour lui tenir compagnie la nuit. La tante qui était une des meilleures conteuses d'histoires de fantômes de toute l'Allemagne en avait précisément entrepris une de ses plus longues, et avait fini par s'endormir au milieu de son récit. La chambre était isolée et donnait sur un petit jardin. La nièce regarda pensivement les rayons de la lune qui venait de se lever et se jouait sur les feuilles d'un tremble placé devant la croisée. L'horloge du château venait de sonner minuit, quand une douce musique se fit entendre du jardin. La jeune fille sauta promptement à bas de son lit, et s'avança légèrement vers la fenêtre. Un corps immense se tenait caché dans l'ombre des arbres. Au moment où il leva la tête, un rayon de lune tomba sur sa figure. Ciel et terre ! elle avait vu le spectre fiancé ! Un grand cri en même temps frappa son oreille, et sa tante qui s'était éveillée au son de la musique et l'avait suivie silencieusement à la fenêtre, se jeta dans ses bras. Elle regarda de nouveau, le spectre avait disparu.

Des deux femmes, c'était la tante qui alors ré-
clamait le plus de soin, car la frayeur l'avaient complétement mise hors d'elle-même. Quant à la
jeune fille, il y avait quelque chose même dans le
spectre de son fiancé qui le lui rendait cher. C'était
toujours une image de la beauté humaine, quoique
le fantôme d'un homme ne soit guère de nature à
satisfaire les affections et l'espoir d'une jeune fille.

La tante déclara qu'elle ne voulait plus jamais
coucher dans cette chambre ; la nièce, au contraire,
se révolta et déclara aussi fermement que possible
qu'elle n'habiterait pas d'autre appartement du
château, et il en résulta qu'elle dut y rester seule ;
mais elle obtint de sa tante la promesse de ne point
parler de l'histoire du spectre, sans quoi ce serait la
priver du seul triste plaisir qui lui restât sur la
terre, celui d'habiter la chambre sur laquelle l'ombre
tutélaire de son fiancé passait ses veilles.

Combien de temps le bonne vieille dame eût-elle
tenu parole, c'est ce qu'on ne peut savoir : car elle
aimait furieusement à raconter du merveilleux, et
c'est toujours un triomphe que d'être le premier
à dire une histoire épouvantable. Cependant on cite
encore dans tout le voisinage, comme un exemple
mémorable de discrétion féminine, qu'elle ait conservé le secret pendant une semaine entière ; mais
elle fut relevée subitement de son silence, par la
nouvelle apportée un matin à déjeuner que la jeune
fille ne se retrouvait plus. Sa chambre était déserte,
le lit n'avait point été défait, la croisée était ouverte,
l'oiseau avait pris son vol.

L'étonnement, la consternation avec lesquels

cette nouvelle fut reçue ne se peuvent imaginer que
par ceux qui ont assisté au trouble que jette parmi
ses amis le malheur d'un grand homme, Les pauvres parents firent même trêve à leur infatigables
travaux de table; la vieille tante dont la langue avait
été condamnée au mutisme, se tordit les mains en
s'écriant :

— Le fantôme! le fantôme ! elle a été enlevée
par le fantôme !

En quelques mots alors elle raconta la terrible
scène du jardin, et conclut qu'il fallait que le spectre
eut emporté sa fiancée. Cette opinion fut corroorbée
par le rapport de deux domestiques; ils avaient entendu le bruit du galop d'un cheval au bas de la
montagne, vers minuit, et ils ne doutaient pas que
ce fût le spectre qui sur son coursier noir emportait
sa fiancée dans la tombe. Tous les assistants admi-
rent cette affreuse probabilité, car des événements
de cette nature sont extrêmement communs en Allemagne, ainsi que le prouvent un grand nombre
d'histoires authentiques.

Dans quelle triste position se trouvait le pauvre
baron ! Quel dilemne déchirant pour le cœur d'un
père, et pour un membre de l'illustre famille de
Katzenellenbogen ! où sa fille unique avait été em-
portée dans la tombe, où devait-il avoir pour gendre
quelque démon des bois, et par conséquent une
troupe de diablotins pour petits enfants. Aussi était-
il complétement démoralisé, et tout le château en
émoi. Les hommes avaient reçu des instructions
pour monter à cheval, et parcourir toute les routes,
tous les sentiers, tous les coins de l'Odenwald. Le

baron s'était affublé de ses grosses bottes, avait
ceint son épée et s'apprêtait à monter son coursier
pour se livrer à des recherches douteuses, lorsqu'il
fut arrêté par une apparition nouvelle. On vit s'approcher du château montée sur un palefroi, une
femme accompagnée d'un chevalier. Elle franchit
la porte au galop, s'élança de son cheval, et, tombant aux pieds du baron, embrassa ses genoux. C'é-
tait sa fille perdue, et son compagnon, le spectre, fiancé! Le baron était attéré. Il regarda sa
fille, puis le spectre, et doutait du témoignage
de ses sens. Le dernier aussi était singulièrement
changé depuis sa visite au monde des esprits. Son
costume était splendide, et sa tournure, noble,
mâle et bien proportionnée. Il n'était plus pâle ni
mélancolique. Sa belle figure était animée par l'é-
clat de la jeunesse, et la joie rayonnait dans ses
grands yeux noirs.

Le mystère fut bientôt éclairci. Le chevalier (car
en vérité, vous devez l'avoir deviné tout le temps,
ce n'était pas un fantôme) s'annonça comme étant
le sire Herman von Starkenfaust. Il rapporta son
aventure avec le jeune comte, il dit comment il s'é-
tait empressé de venir au château pour annoncer
la fatale nouvelle, mais comment aussi l'éloquence
du baron l'avait interrompu chaque fois qu'il allait
ouvrir la bouche pour rendre compte de sa mission.
Il raconta comment, en voyant la fiancée, il avait été
entièrement captivé, et comment, pour passer quelques heures de plus auprès d'elle, il avait souffert que
la méprise se continuât. Il ajouta qu'il s'était trouvé
extrêmement embarrassé pour opérer une retraite

décente, jusqu'à ce que les histoires fantastiques du
baron lui eussent suggéré son excentrique sortie,
et que, redoutant les vieilles hostilités de famille,
il avait usé de ruse pour renouveler ses visites en
se cachant dans le jardin sous les croisées de la
jeune fille, il expliqua enfin comment il avait prié,
réussi, emporté en triomphe, et enfin épousé la
belle fiancée.

Dans toute autre circonstance le baron eût été
inflexible, car il était rigoureux en fait d'autorité
paternelle, et profondément imbu des haines de
famille ; mais il adorait sa fille, il s'était désolé
lorsqu'il l'avait cru perdue, il était heureux de la
retrouver vivante ; et, quoique son mari appartînt
à une maison ennemie de la sienne, cependant ce
n'était pas, Dieu merci, un fantôme ! Il y avait, il
faut l'avouer, quelque chose qui ne s'accordait pas
bien avec ses idées sur la vérité rigoureuse, dans
la plaisanterie qu'avait faite le chevalier de se donner pour un mort ; mais plusieurs de ses amis alors
présents et qui avaient servi à la guerre lui assurè-
rent qu'en certains cas tous les stratagèmes étaient
permis, et que le jeune chevalier était d'autant plus
excusable qu'il revenait de l'armée.

Tout s'arrangea donc heureusement. Le baron
donna sa bénédiction au jeune couple ; les fêtes
recommencèrent au château ; les pauvres parents
accueillirent ce nouveau membre de la famille avec
une excessive tendresse ; il était si beau, si généreux et... si riche ! Les tantes furent, il est vrai,
quelque peu scandalisées de ce que leur système
de stricte réclusion et de passive obéissance eût

produit de si mauvais résultats, mais elles attribuè-
rent cela à la négligence qu'elles avaient eue de ne
point mettre de grillages aux croisées. L'une d'elles
surtout fut très-mortifiée que son histoire merveil-
leuse ait été perdue, et que le seul spectre qu'elle
eût jamais vu eut tourné en contrefaçon. Quant à
la nièce, elle paraissait parfaitement heureuse,...
et ainsi finit l'histoire.

FIN

PARIS. — DE SOYE ET BOUCHET, IMPRIMEURS, PLACE DU PANTHÉON, 2.

www.ingramcontent.com/pod-product-compliance
Lightning Source LLC
Chambersburg PA
CBHW070455030726
47503CB00004B/1059